エンディングドレス

蛭田亜紗子

ポプラ文庫

目次

第一章　終末の洋裁教室　5
第二章　はたちのときにいちばん気に入っていた服はなんですか？　39
第三章　十五歳のころに憧れていた服を思い出してみましょう　81
第四章　思い出の服をリメイクしましょう　117
第五章　自分以外のだれかのための服をつくってください　153
第六章　自己紹介代わりの一着を縫いましょう　185
最終章　つぎの季節のための服をつくってください　221
解説　瀧井朝世　256

装丁 ………………… 山影麻奈
装画 ………………… 坂本ヒメミ
カバー刺繍 ………… 戸田未果

第一章

終末の洋裁教室

最初にしたのは、健康保険証の裏の臓器提供意思表示欄に丸をつけることだった。

1. 私は、脳死後及び心臓が停止した死後のいずれでも、移植の為に臓器を提供します。
2. 私は、心臓が停止した死後に限り、移植の為に臓器を提供します。
3. 私は、臓器を提供しません。

ひと文字ずつ眼で追って唾《つば》を呑み込み、「1」をボールペンで丸く囲む。脳死後及び心臓が停止した死後。まどろっこしい文字列の意味が迫ってきて鼓動が速まり、ボールペンを持つ指さきが震えそうになる。わたしの肉体がその状態になったとき、魂《たましい》はどうなっているのだろう。天国なり地獄なり、この世とは違う世界に移動しているんだろうか。肉体の横にちょこんととどまって、かつて自分だったものが切り刻まれるのを見ているんだろうか。それとも魂なんてものはなくて、電源をオフするみたいにきれいさっぱり消えてしまうのか。できれば望んでいる場所へ、と思う。

「提供したくない臓器があれば×をつけてください。」とその下に書かれているものの、思い入れのある臓器なんてとくになかった。眼は左右両方とも近眼だけど、ほかの臓器は去年受けた健康診断ではまったく問題がなかったので、発見が早ければ再利用できるかもしれない。スマートフォンで今日の日付を確認し、年月日と自分の名前を書く。最後に「家族署名（自筆）」という欄があって、手が止まった。

家族、という言葉からとっさに浮かんだのは弦一郎《げんいちろう》の横顔だった。下へ向かって生えている長い睫毛《まつげ》がつくる影、へこんだ眉間《みけん》から伸びるあまり高くない鼻、薄いくちびるにあるちいさな茶色いほくろ――。肩が震え、息が乱れた。カードタイプの保険証を床に落としてソファに身を投げ出す。いつから着ているのかわからない灰色のスウェット上下は動物園みたいなにおいを発散していて、腹のあたりに染《し》みがついている。

しばらくそのままの姿勢でいたが、朝からなにも食べていないことを思い出した。

のろのろと起き上がり、キッチンへ向かう。冷蔵庫の冷凍室からレモン味のアイスキャンディを出し、袋を裂いた。これがいまの主食だ。もっと冷えろ、わたしのからだ。かちかちに凍ってなにも感じなくなるぐらいに。歯に沁《し》みるアイスキャンディを齧《かじ》りながら思う。

食べ終わるとふたたびソファに横たわり、スマホのメモ帳アプリを開いた。「ToDoリスト」とタイトルがつけられたメモには、箇条書きで六つの項目が並んでいる。

・連絡先リストを目立つところに貼る
・SNSの退会
・パソコンの破壊
・スマホの破壊
・預金を全額引き出す
・所有物の処分

咥《くわ》えていたアイスの棒を口から出してセンターテーブルに置く。べとついた頭皮を掻《か》きむしりながら少し考えて、ひとつ書き足した。

・ロープを購入する

「……それじゃ、順番に片付けますか」

スマホをスウェットパンツのポケットに入れると、この一年と二か月でめっきり増えた独りごとを呟《つぶや》いて立ち上がった。プリンタからA4の用紙を一枚取り出して、空のペットボトルが乱立しているダイニングテーブルに置く。サインペンで「緊急連絡先」と書いた。その下に父の名前と実家の住所と電話番号を記入する。紙を持ってしばらく室内を歩きまわって思案し、玄関ドアの内側にマグネットで貼りつけることにした。ここなら確実に目につくだろう。入室時には気付かなくても、出るときには必ず見るはずだ。

ふたつめの項目、SNSの退会。自分の部屋のノートパソコンを起動し、手垢《てあか》だらけの眼鏡をかけた。数か月ぶりにFacebookを開くと、たちまち知人たちのしあわせ自慢が無数の矢のように降り注ぎわたしを射貫く。『娘の三歳のバースデーをお祝いしました。ケーキのクリームがゆるすぎてちょっと失敗。陽菜、生まれてきてくれてありがとう。半年後にはお姉ちゃんだね』『オットとフルマラソン初挑戦！　後半はほとんど歩いたけどなんとかゴールできました♪　つぎはホノルルに出てみたい！』

被害妄想や僻《ひが》みだとわかっているけど、当てつけに感じて濁った汚水のようなものがどろりと胸にあふれる。なんでわたしだけ、と思う。なんでわたしだけ独りなんだ。でも、わたしだって以前は無意識にだれかを傷つけていたかもしれない。Facebookはほとんど活用していなかったけれど、たとえばふたりで外を歩いているだけで、すれ違っただれかをつらい気持ちにさせていたかもしれない。

どうすればアカウント削除と退会ができるのかわからなくて手こずった。このまま放置しようかとも考えたけれど、「友達」のところに数年前に自殺した以前の職場の先輩の名前が表示されているのを見て、やっぱり消すべきだと思い直す。このひとはどうやって死んだんだっけ。飛び降りだったか、首吊りだったか、だれかから聞いたはずなのに憶《おぼ》えていない。この世から去ってもSNSに痕跡が残り続けるのはなんとなく厭《いや》だ。あれこれ検索して方法を調べてアカウントを削除できたが、完全に消えるまでは日数がかかるらしい。

もう何年もログインしていないmixiは登録したメールアドレスもパスワードも

すっかり忘れていて、思い当たる単語の組み合わせを片っ端から試《ため》すはめになった。なんとかログインすると、大学二年生になったばかりのころの日記が当時のまま残っていた。十数年前、弦一郎と出会う直前。かさついたくちびるの皮をむしりながらつい読みふけってしまう。レポートが書き終わらない愚痴《ぐち》、サークルの人間関係の悩み、友だちにどんどん彼氏ができていく焦り。もしもこの半年後、弦一郎に出会わなかったら。いまごろほかの男と結婚して子どももいて、自分の生活の充実ぶりを確認するために、さりげなく見えるけれど時間をかけて撮った写真をFacebookやInstagramに投稿しているんだろうか。

SNSの退会の手続きが終わると、どっと疲れが出た。ここしばらくなにもしていなかったので体力が極度に落ちている。ずるずると這うようにソファに戻り、毛布を引っ張って横になった。初日からわりと作業が進んだので、この調子なら二、三週間もあればすべての準備が終わるかもしれない。

夢を見た。

わたしはもこもこしたルームウェアを着てこたつに入っている。弦一郎の脚のあいだに挟まり、弦一郎の胸に頭を預けて、漫画を読んでいる。つまさきに当たっているのはやわらかな猫の毛と肉球だ。わたしは見ていないが、テレビでは白黒の古い日本映画が流れている。なにかが弦一郎のツボに嵌《は》まったらしく、きひひひ、と息が洩《も》れる感じの独特の笑い声を上げた。

「いまどこ？」笑い終えた弦一郎が訊《たず》ねてくる。

「『女海賊ビアンカ』のところ」わたしは漫画から顔を上げずに答えた。

「あー、学校の体育倉庫で独り芝居やるやつ？」

「そうそう」

こたつの天板には『ガラスの仮面』全巻が積み上げられていた。これから読む巻は右の塔、読んだ巻は左の塔。耐熱ガラスのマグカップに手を伸ばし、シナモンスティックが沈んでいる濃い赤紫色の液体を口に含んだ。息で湯気が揺れ、カップが白く曇る。

「どうよ、今日のホットワインの出来は」

「いい感じじゃない？　八角《はっかく》が効いてて前回よりもおいしいよ。今度は生姜《しょうが》入れてみたらどう？」

「生姜？　麻緒《あさお》はなんにでも生姜入れたがるよな」

「冬にはいいじゃん、あったまるんだから」

「でもこのあいだの生姜入りクリームシチューは正直微妙だった」

「はいはい、もうつくりません」

マグカップをこたつの上に戻し、ふたたび漫画の単行本を手に取る。穏やかな夜だ。外は雪がしんしんと降り積もっている。のぼせた猫がこたつから出てきて、しばらくわたしの腹をうっとりとした顔で揉《も》んでから丸くなった。みかんの皮を剝いている弦一郎の手が漫画本の向こうに見える。その手がみかんをひと房ちぎり、二人羽織のような体勢でわたしの口に差し入れた。甘酸っぱい果汁が口内で弾《はじ》ける。柑橘《かんきつ》が苦手な猫がみかんのにおいに気付いて顔をしかめた。

弦一郎は残りのみかんをまるごと自分の口に放り込んだ。咀嚼《そしゃく》する音が頭のすぐ上で聞こえる。

「あ、ごめん、麻緒の頭にみかんの汁が垂れた」

「やめてよー」自分の髪に触れる。「どこ?」

「ここ」

言葉と同時に、あたたかく湿った感触が頭のてっぺんに伝わった。弦一郎のくちびるだ。顔を上げるとキスは額《ひたい》に眉に目蓋《まぶた》に降ってくる。銀杏《ぎんなん》に似た色をした猫の大きな眼がふたりを見ている。

――目覚めたあと、猫のぬくもりも弦一郎の感触も残っていたから、どちらももうここにはいないことを理解するのに少し時間がかかった。

二日めはノートパソコンの破壊からスタートした。昼過ぎに起きたあと、弦一郎の持ちものだった工具箱からドライバーを出して、ノートパソコンの裏蓋のネジを外す。パソコンを解体するのははじめてだったが、意外とかんたんにハードディスクを取り出せた。薄く四角いハードディスクをハンマーで叩いてみたものの、わずかにへこむだけで内部まで壊せそうにない。手間だけどハードディスクの外側のネジを外して分解することにする。汗をかきながら細かいネジをすべて取り除き、カバーを外すと、銀色に輝く円盤があらわれた。ＣＤに似たその円盤をハンマーで力まかせに叩く。こなごなに砕けて破片が散った。

「痛っ」

円盤はガラスだったらしく、破片が指に刺さる。注意深くそれを抜くと、ちいさな傷口に色の濃い血がぷっくりと盛り上がった。舐《な》めると鉄の味がする。

破壊したノートパソコンをごみ袋に入れ、傷口に絆創膏《ばんそうこう》を巻いてからクローゼットの整理に取りかかった。最低限の普段着を残して処分することにする。仕事用のスーツも五万円以上したパーティドレスもジムに通っていたころのスポーツウェアもちょっとセクシーな下着も必要ない。分厚いダッフルコートやざっくり編まれたセーターを着る季節を迎えることもないだろう。ごみ袋を広げてどんどん投げ入れていく。リサイクルショップに持ち込むことも頭をよぎったけれど、小銭に変換したところでなんの意味があるんだと思い直した。

　ごみ袋に入れようとした黒いベロアのスカートに焦《こ》げ茶色の細い毛がついていることに気付いて、手が止まる。毛をそっと摘まんで見つめると、しりちゃん、と声が洩れた。くちびるを噛《か》んで息を止めたが、こらえきれずに涙がこぼれる。焦げ茶の縞模様の被毛のなめらかでやわらかな手触り、人間よりも高い体温と速い鼓動、ちいさな頭に顔を押し当てて息を吸うとほのかに感じるメープルシロップに似たにおい、満ち足りた気分のときにこちらを見つめて声を出さずに鳴くいとしい顔——。

　弦一郎がいなくなってベッドから起き上がれなくなった日々、しりはわたしの脚にぴったりとくっついて丸くなり、ひとりと一匹でひたすら寝続けた。わたしが声を上げて泣いていると、あの子も不安そうな顔でかぼそく鳴いた。涙を舐めてくれた夜もあった。

　毛艶が悪くなっているのはしばらくブラッシングをしていないせいだと思ってい

た。以前は大型ペットショップで穀物不使用の高級キャットフードを買っていたけど、最近はコンビニの安価なフードを与えているからそのせいかもしれない、とも。異変に気付いたときにはすでに手遅れで、なにも食べなくなりあっというまに痩《や》せ細って死んでしまった。推定十二歳だったから初老ではあったけれど、体調に気を配って世話をすればあと数年は生きたはずなのに。

猫毛のついたスカートを保留にして整理を進めたが、やっぱり捨てようと決めて最後にごみ袋に押し込んだ。さっきまでめいっぱい服が詰め込まれていたクローゼットは、わたしの胸の内側みたいにすかすかになる。

膨らんだ四袋の四十五リットルごみ袋を玄関に運び、汗ばんだので数日ぶりにシャワーを浴びた。数少ない残した服のなかから、無印良品のボーダーカットソーとユニクロのストレッチジーンズを取り出して着替える。コンタクトレンズを眼に嵌めると視界がくっきりと鮮明になった。灰色のパーカを羽織り、財布とスマホと車の鍵をポケットに入れて玄関を出る。

数日ぶりに嗅いだ外の空気は春のにおいがした。いまだ冬の底で凍えているわたしを置いて季節はどんどん前へ進んでいく。やさしく頬を撫でるぬくまった風の馴れ馴れしさが憎たらしい。数年前に中古で購入した水色のスズキ・ラパンはマンションの駐車場でうっすらと埃《ほこり》をかぶっていた。運転席に乗ってスマホを取り出し、ＴｏＤｏリストを開く。完了した三つを削除し、残りの項目に目を通した。

・スマホの破壊
・預金を全額引き出す
・所有物の処分
・ロープを購入する

スマホの破壊。パソコンがなくなったいま、スマホを壊すとかなり不便なのでこれは最後だ。預金の引き出し。死亡が確認されると口座が凍結されるので、残されたひとに面倒をかけないためにあらかじめ預金を現金化しておく予定なのだが、決行日の前日でいいだろう。所有物の処分。服の処分は終わった。来週の資源回収日に間に合うよう、本や雑誌を今週のうちにまとめておかなければ。家具や家電など女ひとりの腕力ではどうにもならないものはそのままにしておくつもりだ。ロープの購入。気持ちの準備や結びかたの練習が必要だろうし、これは早めのほうがいい。シートベルトをしてエンジンをかけようとしたところで、ふと思いついてさらに項目を追加する。

・印鑑登録証明書を用意
・保険証と年金手帳を出しておく
・最後の晩餐に食べたいものを決める

印鑑登録証明書は車の名義変更のために必要になるはずだ。保険証は財布に入っているが、年金手帳はどこに置いてあるのか思い出せないので帰ったらさがさなければ。最後の項目はなんとなく書いてみたものの、莫迦らしく思えて削除した。

車のエンジンをかけて発車する。走っているうちにぽつぽつと雨が降ってきたのでワイパーを動かした。カーオーディオからはAMラジオが流れている。男女のパーソナリティの会話が耳障《みみざわ》りでラジオを切った。沈黙に包まれてほっと息を吐く。

通い慣れた道を走ってホームセンターに着いた。ロープを購入するつもりだった。駐車場にバックで車を入れ、エンジンを切り、顔を上げる。雨粒がついているフロントガラスごしに、わたしと弦一郎の幻影を見た。

ぼたん雪が舞っている外からホームセンターに足を踏み入れると、暖房の効いた店内には館内放送で「春の海」が流れていた。琴と尺八の音色がのどかでめでたい。「新春初売り　今年もよろしくお願いいたします」と書かれた垂れ幕が天井から下がり、暖房器具や除雪機が安売りされている。結婚してはじめて迎える正月だった。寝正月には一日で飽きて、かといって百貨店の初売りに並ぶ気にはなれなくて、とくに必要なものもないけれど家からいちばん近いホームセンターに来たのだった。

店内の一角に十人ほどのひとが列をつくっている。わたしはその近くに貼られたポスターを眺めた。

「見て、イベントやってるよ。トイレットペーパー、三十秒間に積み上げた数だけもらえるんだって。一回百円。お得じゃない？」

正月ムードにつられて、わざとらしいほどはしゃいだ声が出てしまった。

恥ずかしいからいいよ、と厭がる弦一郎の腕を引っ張って列に並ぶ。喋《しゃべ》りながら待っているうちにわたしの順番がやってきた。ストップウォッチを持っている店員の合図でトイレットペーパーを積みはじめたが、あっというまに「はい、ストップです」と声をかけられる。十二個。待っているあいだに観察したところ平均八、九個なのでなかなかの好成績だ。戦果をレジ袋に入れてもらって、わたしの後ろに並んでいた弦一郎のようすを見ると、彼は持ち前の几帳面さとマイペースぶりを発揮して一個ずつ慎重に積んでいた。店員から無情にも時間切れを告げられる。

「たった六個？」わたしは弦一郎の袖を摑んで笑った。

「たった六個でも、僕が築いたトイレットペーパータワーは堅牢だから。免震構造も完璧」

「そうですか」

トイレットペーパーで膨らんだレジ袋を提げ、買いものをする。わたしには用途がわからない工具を見比べている弦一郎の横で、くすくすと笑いが洩れた。

「どうかした？」弦一郎が振り向く。

「去年のいまごろはデパートの一階でイヴ・サンローランのコスメ福袋の列に並んでたのに、今年はホームセンターでトイレットペーパーってすごい落差。生活って感じ」

「がっかりしてる？　このあとデパートに行こうか、福袋はもう売り切れてるかもしれないけど」

「ううん」

弦一郎の骨張った腕に自分の腕を絡ませ、弦ちゃん、と呼びかける。

「なんか、わたし、いま」

「なに?」

「いや、なんでもない」わたしは苦笑して首を振った。

言えばよかった。なんで言葉を出し惜しみしたんだろう。照れる必要なんてなかったのに。――わたし、いますごくしあわせ。ずっとこうやって暮らしていきたいね。きちんと口に出して伝えれば、言霊とやらの力で現実になったかもしれないのに。

「今年もよろしくお願いします」

呑み込んだ言葉の代わりにそう言って頭を下げた。

「もう二日なのにいまさらどうしたんだよ」と弦一郎が笑った。薄いくちびるから覗く向かって左側の八重歯も、もう見ることはかなわない。


車から降りてあのホームセンターに入ることはどうしてもできなかった。遠くのホームセンターに向かおうかと考えたけれど、以前、愛用していたバッグの持ち手のロープが傷んだときに、手芸店でロープを購入して付け替えたことを思い出した。行き先を手芸店に変えて車を駐車場から出す。

手芸店に着いたわたしは、前に来たときの記憶を辿って売り場を歩いた。リボンやテープなどが並んでいる棚の隅にロープを発見する。生成《きな》りのコットンのロープ。数種類あって迷ったが、直径一センチのものを選ぶ。「いくらお切りしますか」と店員に訊ねられて「三メートルでお願いします」と答えたわたしの声はかすれていた。どのぐらいの長さが必要なのかわからないが、これだけあれば足りるだろう。

「会計はあちらのレジでお願いします」

カットされたロープを受け取る。ほんとうにこんな紐《ひも》がわたしの人生を終わらせてくれるんだろうか。

レジに向かって歩いていると、老夫婦とすれ違った。ロール状の布を真剣な眼差しで見比べているおばあさんの横で、夫らしきおじいさんがぶつくさ文句を言っている。

「どれだって似たり寄ったりじゃないか。そもそも家にまだ縫っていない布が山ほどあるだろう」

「厭ならベンチで休んでいてくださいよ」

布地から眼を上げた妻にぴしゃりと言われて、いや、べつに……と夫は言葉を濁した。引き下がると思いきや、「それと同じ色の布、家にあるぞ」と言いながらなおも妻にまとわりつく。「あなたには同じに見えるかもしれないけれど、まったく違うんです」「この花柄のやつはどうだ？　好きだろう、こういうの」「ぜんぜん好みじゃないわ」

わたしは足を止めてしばらくふたりを見ていた。文句を言うふりをして甘えている夫に、そんな心理を見透かして手のひらで転がす妻。はじめはうざったい夫だと思ったが、じゃれているのだと理解したとたん、自分でも戸惑うほど猛烈におばあさんがうらやましく感じて呼吸が苦しくなった。わたしの未来は奪われてしまって、取り戻すことはできない。わたしは彼らになれない。もっとも、弦一郎は年を取ってもああいうタイプの老人にはならないだろうけど。

くちびるをきつく噛み、歪んだ顔を隠すようにうつむいてレジに並んだ。会計しているあいだ、自分の計画がばれていないか不安になって万引き犯のように緊張してしまう。無事にロープを購入し終わると、任務をひとつ達成した安堵《あんど》で全身が弛緩した。階段で立ち止まり、手すりに背を預けて少し休む。正面に見える階段の壁にはさまざまな講座の案内が貼られていた。編みぐるみレッスン、ハンガリーのカロチャ刺繡《ししゅう》、ちりめん細工講習会、はじめての銀粘土、デコパージュ教室、指編みでつくるアクリルたわし。いろんな手芸があるんだなあ、と思いながらぼんやり眺めていると、そのうちのひとつに眼が留まった。

終末の洋裁教室
講師　小針ゆふ子
毎週日曜午後一時から

終末？　週末の間違いでは？　ほかのカラフルなポスターとは違って、写真もイラストもない。白い紙に手書きの文字だけだ。その下に書いてある文章を読む。

春ははじまりの季節。
さあ、死に支度《じたく》をはじめましょう。
あなただけの死に装束《しょうぞく》を、手づくりで。

死に支度。自分のしていることを見られていたように感じて、心臓が大きく跳ねた。エンディングノートやら終活やら、人生の終わりに向けた準備を推奨する流れが近年見られるが、まさか死に装束を縫う洋裁教室まで存在するとは。死に装束かあ、と独りごとが洩れる。その言葉に引きずられるように思い出す光景があった。

「おばあちゃん、前々から準備していたの。ほら、これを着せてほしいって」

いまより若かった母は、そう説明しながら畳紙《たとうし》の紐をほどいた。開くと爽やかな萌葱《もえぎ》色の着物がすがたをあらわす。裾《すそ》や袖《そで》には、細やかな彩色の上に金糸で刺繡を施した蝶が舞っていた。

「わあ、きれいな着物」

制服を着た十六歳のわたしは感嘆の声を上げる。

「結婚式で着た振り袖を訪問着に仕立て直したものらしいわ」

「おばあちゃんの結婚式？　すごい、年代物なんだね」

肺癌でずっと入院していた祖母が亡くなり、あわただしく葬儀の準備をしている最中だった。

「おばあちゃん、着道楽《きどうらく》だったからね。最期も気に入った服を着て送られたいんでしょう」

だが、東京から駆けつけた伯母は、生前の祖母が死に装束にと指定していた着物をひとめ見て顔をしかめた。

「こんなにいい着物、燃やすなんてもったいない。いまの時代、つくろうとしてもつくれないわよ」

「でも……」

「だれかが着てあげるほうがよっぽど供養《くよう》になるんじゃないかしら。うちの娘が来年成人式を迎えるし、ちょうどいいわ」

「振り袖じゃないから成人式には向かないと思うけど——」

「燃やすよりましでしょ」


　結局、祖母は葬儀会社が用意したお仕着せの白装束を着せられて荼毘《だび》に付された。わたしはほんの子どもで口出しできない立場だったけれど、葬儀のあいだずっと祖母への申し訳なさで胸が痛かった。あの着物は伯母が持ち帰って、その後どうなったのかは知らない。

　手芸店の階段を上る女性たちの話し声で物思いから呼び覚まされ、あらためて「終末の洋裁教室」のポスターを見る。玉結びのできない初心者でも大歓迎、ミシンを持っていなくても問題ありません、と書かれている。申し込みの期限は明日までだった。

　帰ろうと階段を下りかけたとき、ポケットのなかのスマホが震えた。心臓がぎしりと大きく軋《きし》む。恐れていた電話がかかってくることはもうないのに。ポケットからら取り出して画面を確認すると、「真嶋のおかあさん」と表示されている。スマホを握ったまま躊躇《ちゅうちょ》しているうちに振動は止まった。

嘆息してスマホの画面を見る。指がカメラアプリのアイコンに触れたらしく、カメラの画面に切り替わった。アプリを閉じようとして今度は撮影のボタンを押してしまい、カシャ、と音が鳴る。撮れた写真を削除しようとしたそのとき、また電話がかかってきた。わたしは振動しているスマホをそのままポケットに戻す。

顔を上げると、さっきは気付かなかったポスターに視線が引き寄せられた。ウェディングドール&リングピロー講座。想いをひと針ひと針に込めて、特別な一日を彩るウェディングアイテムをつくりましょう。

弦一郎とわたしは結婚式を挙げなかった。当初は式も披露宴もやるつもりで会場を見学してまわっていたが、緊急事態が起きてやめたのだ。

「ごめん。結婚式できなくて」

苦しげな弦一郎の声が耳の奥で甦《よみがえ》る。

「いいよ、気にしないで。結婚式って面倒だし、やらなくなってちょっとほっとしてる」

「ウェディングドレス着た麻緒、見たかったな」

「落ち着いたら衣裳レンタルして写真だけでも撮ろうよ」

そう提案したけれど、話は立ち消えになって実行しなかった。

記憶の奔流《ほんりゅう》から逃げるように足早に手芸店を出た。ストレッチジーンズのポケットに手を突っ込んで背を丸め、車を停めてある駐車場に向かって歩いていると、純白のドレスが視界の端で光った。足を止めて振り向く。ウェディングドレスの路面店だった。さっさと行きたいのに、わたしの足は地面に杭《くい》で固定されたように動かなくなる。眼もドレスから離れてくれない。肩が大きく波打って、呼吸が乱れる。

こわばっている手でパーカのポケットからスマホを引っ張り出した。ＴｏＤｏリストを開き、新たな項目をつけ足す。

・死に装束を縫う

リストを保存して閉じて、さきほど手芸店の階段で偶然撮れた写真を開く。「終末の洋裁教室」の貼り紙が写っていた。電話番号もしっかり読み取れる。わたしはその番号を数回口に出して読んで憶えると、親指の腹で押していき、発信ボタンをタップしてスマホを耳に当てた。

✄

ここか、とマンションを見上げて呟いた。

電話で伝えられた場所はマンションの一室だった。てっきりあの手芸店の一角でやるものと思っていたが、そうではないらしい。「終末の洋裁教室」にかけた電話に出たのはやや低めの声の女性だった。今週末に説明会をやるのでそこで話を聞いてから教室に入るかどうか決めてください、と言われた。

七階建てのごく普通のマンションだ。4、0、4、とエントランスの集合インターホンのボタンを押す。はい、と女性の声が聞こえた。あの、洋裁教室の説明会に来ました、と伝えるとガラスのドアが開く。エレベーターに乗って四階で降り、四〇四号室のインターホンを押した。

ドアを開けたのは黒いワンピースを着た女性だった。まんなか分けの黒髪は後ろでひとつに束ねられている。

「ようこそ、終末の洋裁教室へ」

化粧気のない顔にわずかな微笑を浮かべて彼女は言った。

靴を脱ぎスリッパに履き替える。灰色の絨毯《じゅうたん》張りの廊下を歩き、正面の部屋に案内された。

「あら、いらっしゃったわ、最後のかた」

部屋に足を踏み入れると弾んだ年配の女性の声に出迎えられた。大きなテーブルについている三人のおばあさんがこちらを見ている。三十代のわたしは場違いな気がして一瞬戸惑ったが、死に装束を縫う教室なのだ、死が身近な年齢のひとが集まるのは当然だろう。視線に身をかたくしながら手前の空いている椅子に座った。

「全員揃ったので自己紹介をしていきましょうか」

黒いワンピースの女性が、窓を背にしたいちばん奥の席に座ってそう切り出した。向かって右の奥に座っている、花柄のゆったりとした服を着たとても小柄なおばあさんが全員の顔を見まわしてから口を開く。

「たぶんわたしがいちばん年上かしら。小山千代子《こやまちよこ》です。大正生まれの九十二歳。編みものは長年やってきたけれど、洋裁ははじめて。六十の手習いどころか、九十二の手習いね。みなさん仲良くしてくださいね」多くのしわが刻まれた顔でにっこりと笑んだ。

そのとなりに座っている裕福な奥さま然とした上品なおばあさんが続く。

「宇田川《うだがわ》しのぶと申します。洋裁は五年ほど前にはじめましたが、自己流なのできちんと習いたいと思ってこの教室に興味を持ちました」

毛先がくるりとカールした銀髪には、ヘッドドレスのようなちいさな帽子がちょこんと載っている。着ている紺色のクラシックなツイードのツーピースはいかにも仕立てが良さそうだ。

彼女のはす向かい、わたしのとなりの痩せぎすなおばあさんが、そのあとに続く。

「若杉《わかすぎ》リュウ。中身は名字のとおり若すぎるぐらい若いつもりだけど、年齢はそれなりに。若いころはダンサーをやってて、衣裳を自分で縫ったりしてたけど、ここ数十年はご無沙汰《ぶさた》だね。よろしく」

背すじをぴんと伸ばし、細い弓なりの眉を動かしながらしゃがれた声で言った。肌にぴたりと張りついた真っ赤な服が鮮やかだ。口紅もテーブルの上で組んでいる手の爪も、服と同じ真紅《しんく》。

最後はわたしの番だ。全員の視線がわたしに集まる。唾を呑み込んでから口を開いた。

「真嶋《まじま》麻緒といいます。三十二歳の主婦です。お金のない高校生のころにスカートを縫ってみたことはあったけど、それ以来ミシンには触れていません。夫とふたりで暮らしています」

嘘ではなかった。いまでもあの部屋には弦一郎の気配が濃厚に残っている。弦一郎の影と暮らしている。

「この教室の講師の小針《こばり》ゆふ子です」

黒いワンピースの女性が低めの落ち着いた声で名乗った。あらためて彼女を観察する。白い肌に散らばるそばかす、平行に伸びた眉、青みがかった白目が印象的なアーモンドアイ、わずかに口角の上がったくちびる。気難《きむずか》しそうにも温和そうにも見える顔立ちだ。わたしと同世代なのか、それともうんと年上なのか、年齢がさっぱり読めなかった。

「ポスターを見て電話をくださったみなさんはご存じのとおり、ここは死に装束――最近はエンディングドレスと呼んだりしますが、とにかく人生の最期に着る服を縫う洋裁教室です。とはいってもいきなり死に装束をつくるわけではありません。毎月課題を出して、みなさんの上達を確認していきながら、ころあいを見て取りかかる予定です」

小針先生は四人の生徒に真っ白な封筒を配った。表にも裏にもなにも書いていない。

「このなかに最初の課題が書いてあります。家に着くまで開封しないでくださいね。ひとりでゆっくり、紅茶にマドレーヌを浸して食べたりしながら考えてみてください」

電車に乗って出かけて初対面のひとたちに会って疲れたせいか、ひさびさに空腹を感じていた。自宅マンションに入る前に近くのコンビニに寄る。おにぎりをふたつとカップスープを購入した。小針先生の言葉を思い出してマドレーヌを手に取ったものの、気恥ずかしくなって棚に戻す。

さっき洋裁教室で聞いた話を思い起こす。さっさと身辺整理を終わらせて決行するつもりだったのに、死に装束に取りかかる前にいくつか課題をこなさなければいけないなんて。話が違うと思いながら、場の空気に流されて入学を決めてしまった。とはいえ、まだ月謝を払っていないので電話一本入れればやめられるだろう。三人のおばあさんはさっそく意気投合したらしく、あのあと喫茶店に行ったようだ。わたしも誘われたけれど断った。

だれもいないマンションの部屋に帰る。玄関から廊下にかけて資源回収に出すためにまとめた雑誌や書籍が積み上げられている。それらを掻き分けるように進んでキッチンに行き、電気ケトルに水道水を入れてスイッチを押した。スウェットに着替えているうちにお湯が沸いたので、買ってきたカップスープに注ぐ。ダイニングテーブルにつき、おにぎりのフィルムを剝いて白い米に齧りついた。ひさびさの固形物が胃を満たし、細胞を目覚めさせる。トマト味のスープを啜《すす》ると、熱が喉《のど》を通って全身に沁み渡った。

食べ終わってから食器棚の下の抽斗《ひきだし》を開けた。弦一郎はお茶全般が好きだったので、ニルギリやらウバやら黄金桂《おうごんけい》やらラプサンスーチョンやらエルダーフラワーティーやら抹茶やら、さまざまな種類のお茶が戸棚や冷蔵庫のなかで眠っている。大半が賞味期限を過ぎているであろうそれらには手をつけず、安いティーバッグを出してマグカップに入れ、電気ケトルの残りのお湯を注いだ。

マグカップを持ってテーブルに戻ったそのとき、ポケットのなかのスマホが振動した。スマホを取り出して画面を見ると、「真嶋のおかあさん」と表示されている。このまま無視し続けるわけにはいかないだろう。深呼吸してから、はい麻緒です、と電話に出た。

「弦一郎の母です。お久しぶり。麻緒さん、元気にしてる?」

「ええ、元気です。ご無沙汰してすみません」

「ううん、いいの。あのね、来週の日曜に出かけるからお誘いしようと思って。明日への架け橋の会っていってね、家族と死別したひとたちが集まって語りあう会合なんだけど、麻緒さんもどうかしら。同じ境遇のひとたちと話すことで癒《い》やされると思うの」

「ごめんなさい、わたし、その日は仕事があって」

「あら、そうなの」

「せっかく誘ってくださったのにすみません」

「いいのよ、お仕事頑張ってね。忙しくしてたほうが気が紛《まぎ》れていいわ。でも無理しないで」

「ありがとうございます。また誘ってください」

「そうね、今度お食事でも。弦一郎の思い出話をしましょう」

「はい、ぜひ」

電話を切ると脱力してテーブルに突っ伏した。長いため息を吐く。仕事があるなんて嘘だ。職場は数週間前、三月いっぱいで辞めた。その日一日をやり過ごすことだけ考えて生きていればいつか楽になるはず、と信じて仕事にしがみついていたがすべては無駄だった。

——同じ境遇のひとたちと話すことで癒やされると思うの。

姑《しゅうとめ》だったひとの声を頭のなかで再生する。わたしの哀しみはわたしだけのもので、だれかと共有なんてしたくなかった。息子を喪《うしな》った両親の気持ちを完全に理解することは不可能だし、夫を亡くしたわたしの気持ちを彼らが完全に理解することもできない。

——弦一郎の思い出話をしましょう。

わたしが持っている弦一郎の思い出はわたしだけのもので、だれにも分け与えたくない。ひとに話してしまったが最後、ドライフラワーのバラを握り潰《つぶ》したようにこなごなになってしまうに違いない。

顔をわずかに上げて、眼を正面の壁に向ける。そこには天然木のキャビネットがあって、大きく引き伸ばされた弦一郎の写真が飾られていた。黒いフレームのなかで年を取ることをやめた弦一郎は照れたように笑っている。少し困っているようにも見える。その横の一輪挿しに活けてある白いスイートピーは、しおれてぐんにゃりとうなだれていた。

しばらくそのままの体勢で弦一郎を見つめていたが起き上がり、バッグから封筒を出した。死に装束。エンディングドレス。弦一郎に会いに行くための服。指で荒っぽく封を破る。なかから出てきたのは一枚の無地の一筆箋《いっぴっせん》だった。

はたちのときにいちばん気に入っていた服はなんですか？

一筆箋のまんなかに、セピア色のインクでたった一行、そう書かれている。一筆箋を揺らすとふわりとお香らしきにおいが立ちのぼった。転校した友だちと文通していた中学生のころ、便箋にシャボンの香りのコロンを染み込ませていたことを思い出す。鼻を近づけて深く息を吸った。白檀《びゃくだん》だろうか、月桃《げっとう》だろうか。やわらかい甘さのなかにスパイシーな刺激を感じる、郷愁をかき立てる香り。

はたちのときにいちばん気に入っていた服——。

香りにつられるように、甘くて苦い毒薬みたいな思い出が蓋を押し上げてこぼれ出た。記憶はわたしを搦《から》めとり、深い谷底へと引きずり込んでいく。

第二章

はたちのときにいちばん
気に入っていた服はなんですか？

濃い桃色の花と赤茶の若い葉が素朴なエゾヤマザクラ、甘い香りをふわりと放つチシマザクラ、淡い色彩の花をめいっぱいつけて優雅に立つソメイヨシノ。桜なんてどれも同じと思っていたわたしに品種を教えたのは弦一郎だ。ゴールデンウィークの半ばの大学構内はようやくおとずれた春で満ちていた。池では鴨が水紋を描きながら進んでいる。ざわ、と風が吹いて桜の花びらが舞う。

芝生にブルーシートや段ボールを敷いて学生たちが花見をしていた。七輪やバーベキューコンロから煙が上がり、肉の焼けるにおいが鼻腔をくすぐる。はしゃぎかたがぎこちない、眼鏡にチェックのシャツの男子学生や、すっぴんの頬をぴかぴかに火照《ほて》らせている女子学生、手にはジュースやビールやチューハイの缶。生まれてはじめての花見酒を口にしている子もいるのだろう。なんとなく同世代の気分で眺めていたが、わたしが彼らの立場だったのは十年以上も前のことだと気付いて目眩《めまい》がした。

筋肉が発達したふくらはぎを見せつけるようにジョギングしている運動部の集団とすれ違う。一瞬、わずかに汗のにおいが届く。宴会をしている学生の集団から遠ざかり、農学部の校舎の裏側を通って、鬱蒼《うっそう》と木々が茂っているやや薄暗い一角に足を踏み入れた。

このあたりだったよね？　とわたしはすがたの見えない弦一郎に話しかける。そうだね、と頭のなかでのんびりとした声が聞こえ、鼻の奥で焦げくさいような秋のにおいを嗅いだ気がした。桜の花びらが敷きつめられている歩道に、黄金色の落ち葉の幻を見る。


いっしょに行動していた数少ない友だちに立て続けに彼氏ができ、サークルは人間関係に疲れて辞め、わたしは二年の秋にして新入生のような所在なさをもてあましていた。履修している講義と講義のあいだのぽっかりと空いている九十分、広大なキャンパスをうろついて時間を潰す。イチョウ並木が金色のアーチをつくっている、その下をふかふかの落ち葉を踏みしめながら歩いていた。考えごとをしているうちにずいぶん外れのほうに来てしまったことに気付いて立ち止まる。周囲を見まわして、木陰の下生えのなかに光る眼を発見した。殻を剝いた銀杏に似た色と質感の双眸。焦げ茶色の毛皮のキジトラ猫だ。小学生のころ飼っていた猫とよく似ている。

しゃがみ込んで、ちちち、と舌を鳴らしてみる。猫はわたしから視線を逸《そ》らさずに迷うような表情になった。黒目が一段階大きくなり、薄茶色の鼻をひくひく動かしている。警戒を解《と》いてもいいかどうか考えているようだ。仔猫と呼ぶには少し大きいが大人にはなっていない。生後半年かそこらだろう。

「おいでおいで」

猫はさらに黒目を大きくし、おそるおそる前肢を踏み出した。

「そうそう、その調子」

あと一歩で手が猫の頭に届くというときだった。突如猫は顔を上げ、くるっと方向を変えてわたしから離れた。

「あ、惜しい」

猫が向かったほうへ視線を向けると、ひとりの男が立っていた。同じ大学の学生だろう。おーよしよし、と言いながら腰を屈めて猫の顎を掻いている。さっきまでのわたしに対する警戒はどこへやら、猫は眼を細めて気持ちよさそうに首を伸ばしていた。猫の顎《あご》を絶妙なタッチで掻く指はすんなりと長い。少し前に飲み会で「好きなタイプは？」と訊《き》かれて「指のきれいなひと！」と答えたことを思い出した。あのときは深く考えずに無難だと思われる返答をしたにすぎなかったのだけれど。

「こいつ、『しり』って書いてあるんだ」

男は猫を見つめたまま独りごとのように言った。

「へ？　どこに？」

「胴体の模様」

いつのまにか猫は地面に寝そべって無防備に四肢を投げ出していた。撫でられる快楽を全身で甘受している。やわらかそうな毛が呼吸に合わせて上下している横腹をまじまじと見た。——縞模様が平仮名の「し」と「り」に見えなくもない。

「ほんとだ。確かに『しり』だね。しりちゃんだね」

おーい、しりちゃーん。呼びかけてみる。猫は目蓋を持ち上げて一瞬だけわたしの顔を見て、すぐに眼を瞑《つむ》った。

「しりちゃんか。名前としては微妙だけど、まあいっか」

そう言って男は猫の「しり」の文字を指でなぞった。ごろごろ音が聞こえてくる。

近くの建物から出てきた学生が、眼を瞬かせてわたしたちを見た。

「……すげえ、真嶋が五音節以上喋るの、はじめて聞いた」ぽかんと口を開けて言う。えっ？　と猫をかまっている男が顔を上げて振り向いた。

「真嶋、このあいだ貸したノート返してよ」

「あ、うん」

男は猫から手を離し、立ち上がった。

真嶋さんっていうのか。

名残惜しそうに彼の後ろすがたを見ている猫の横ににじり寄り、同じほうを見た。男の痩せた猫背、ぴょこんとはねた寝癖。猫に手を伸ばすと、今度こそ頭を撫でさせてくれた。思わず笑みが洩れたのは、短くてやわらかい毛がみっちり生えた狭い額のぬくもりが心地よいからなのか、それとも――。

「はたちなんて前世みたいにおおむかしで、思い出すのに苦労したよ」

若杉リュウ、通称おリュウさんのがらがら声がマンションの一室に響いた。

「そうかしら、意外とむかしのことはよく憶えているものじゃない？　きのうの晩なにを食べたのかはじっくり考えないと思い出せないけれど」

おリュウさんの向かいに座っている小山千代子――千代子さんが、おっとりとした声で言った。

「あたしなんて今朝電子レンジを開けたら、きのうの晩に食べようとしてあたためたご飯が入っていたよ。すっかり忘れてた」

「よくあるわ、そういうこと。それで、あなたはどんな服にしたの？」

「デザイナー気分で描いてきたよ。下手な絵だけどさ」おリュウさんはスパンコールがちりばめられた派手なバッグからノートを取り出して開く。

「あら素敵じゃない」

わたしはふたりに話しかけられないよう、バッグに入っていた文庫本を開いて読んでいるふりをしていた。どうせ死ぬのだから、いまさら新たな交友関係を築くのは億劫《おっくう》だ。

「死に装束に取りかかるのはまださきらしいけど、いよいよ教室がはじまるんだと思うと怖くなってきたよ」おリュウさんは大げさに身震いする。「そもそもあたしは死ぬのが怖くてたまらないから、この教室に通うことにしたんだ。ほら、死んだらこれを着られるっていう愉しみがあれば、多少は死が怖くなくなるかと思ったんだけど」

「いったいなにがそんなに恐ろしいの？」

「死んだらあたしの頭の中身はすっかり消えて、最初からなかったみたいになるだろ」

「死んでもひとの記憶のなかで生き続けるっていうじゃない」

「それはひとから見たあたしのすがたじゃないか。あたしが感じたことや考えたことは、死んだらそれっきり消えちまう。夕立に降られてびしょ濡れになって気持ちよかったこととか、神社のお祭りでちいさい子がはしゃいでるのを見て嬉《うれ》しい気分になったこととか」

わたしはさらに背を丸め、文庫本に顔を埋める。ひたひたと忍び寄る死の足音を聞きながら、弦一郎はなにを考えていたんだろう。はじめて会ったときにわたしに対して抱いた感情、猫のしりを触って感じただろう満ち足りた心地、わたしを置いていくことへの想い——。弦一郎の感じたこと、考えたこと、それらは彼の意識や肉体とともに葬《ほうむ》り去られてしまった。

暗い物思いの淵《ふち》に沈みかけたわたしを、おリュウさんの声が引っ張り上げた。

「ほら、宇宙のあらゆることが記録されているたこ焼きがあるらしいじゃないかい。あれがほんとうにあればいいんだけど」

「たこ焼き?」その場にいる全員が首をひねる。

「ありゃ、たこ焼きじゃなかったか。明石焼きかねえ」

「明石焼き……？　宇宙のあらゆることが記録されている……？」

「あの、アカシックレコードでは？」我慢できなくなってわたしは口を挟んだ。

「そう！　それそれ！　とにかくアカシックだか明石焼きだかに、あたしの頭のなか全部がちゃあんと記録されてりゃいいのに」

「あなたはわたしとしのぶさんよりも若いじゃない。まだまだそんな心配はいらないわ。わたしなんて棺桶に片足突っ込むどころか肩まで浸かっているもの」九十二歳の千代子さんが笑っておリュウさんの肩を叩く。

「若いといえば、なんであんたは死に装束なんざ縫おうと思ったのさ」

おリュウさんがぐいとわたしのほうへ身をよじった。深いしわに白粉が埋まっている顔が接近する。スパイシーな香水のにおいが鼻をくすぐってくしゃみが出そうになった。

「わたしもずっと訊いてみたいと思っていたのよ。ね、どうして？」千代子さんまで、やさしげに垂れた目蓋の奥の瞳を好奇心で輝かせている。

ふたりの視線を浴びて唾を呑み込んだ。なんて答えようかとまごついていると、部屋の隅にある小部屋の扉が開いた。宇田川しのぶ――しのぶさんが出てきて、その背後から小針先生が顔を覗かせる。

「真嶋さん、どうぞ」

助かったと思いながらわたしは立ち上がった。その不思議な小部屋は、先日の説明会のときにはなかったものだ。飴色の艶を放つアンティークな風合いの木材でできた四角い小部屋で、電話ボックスより大きくゲームセンターのプリクラの個室よりはちいさい。教会で聖職者に罪を告白する告解室に似ている。といっても、キリスト教とは縁のない人生だったので実際の告解室を見たことはないけれど。入口にはワインレッドのベロアのカーテンが垂れ下がっていた。失礼します、と告げてカーテンを横に引き、足を踏み入れる。

なかには小学校の教室にあるようなちいさな机と椅子、そして姿見があった。椅子に座っている小針先生は麻らしい素材の黒いワンピースを着ていた。このあいだの服と、生地もシルエットもよく似ているから同じ服かと思ったが、前回は丸襟で今回はロールカラーだから違うようだ。髪は相変わらず一本の乱れもなくひとつに束ねられている。先日会ったときは年齢不詳だと思ったけれど、こうやって間近で見るとわたしよりは年上だろう。だが、ほとんどすっぴんに近い色白の肌に散った薄茶色のそばかすが、どことなく少女めいた雰囲気を醸《かも》し出していた。

「こちらに座って」と向かいの椅子を指す。「思い出せましたか？　はたちのときにいちばん気に入っていた服」

「はい。……えっと、ワンピースです。花柄の」

小針先生は頷き、診察する医者のようにノートにペンを走らせる。

「袖はどんなかたちだったかしら」

よく磨かれたオニキスのように黒く光る瞳に見つめられて、わたしは記憶を辿《たど》る。

「ノースリーブだったと思います」

「眼を瞑ってもっとよく思い出してみて。襟《えり》ぐりのかたちはわかる？」

言われたとおり目蓋を閉じ、いまはもう持っていないワンピースを思い浮かべる。あのワンピース、いつ処分したんだっけ。気付けばクローゼットから消えていた。

「確かラウンドネック……いや、スクエアネックだったような」

「シルエットは？」「Aラインです」「丈は？」「膝丈です」

あのころのわたしの眼を通して自分の格好を見下ろす。花柄の薄いコットンのノースリーブワンピースにカーディガンを羽織り、草むらに立っている。秋のにおい、目の前にある古い平屋の日本家屋の、陽に焼けて木肌がささくれた縁側。風が吹き、背丈の高いピンクのコスモスが揺れ、ワンピースの裾がふわっと膨らむ。すんなりと伸びた、たるみのないはたちの膝があらわになる。

——もしかして、しりをさがしてる?

頭上から声が降ってきて、わたしは顔を上げた。

先日の男が立っていた。真嶋さん。なぜか歯ブラシを口に突っ込んでいる。

いつから見られていたのだろう。草むらを覗き込んで「おーいしりちゃーん」なんて声をかけていたわたしは、羞恥《しゅうち》で頬が熱くなる。

「しりならうちで飼ってるよ」

真嶋さんは歯ブラシをジーンズのポケットに突っ込んで言った。今日も黒い髪に寝癖がついている。

「せっかく餌を買ったのに……」

大学近くのコンビニで買った猫缶を手のなかで転がして呟いた。

「見に来る?」

「え?」

「しりを。うちに」彼はさらりとなんでもないことのように言った。

ナンパなんだろうか、と警戒した。高校は女子校で男の子とつきあったことのないわたしは、男の下心の有無《うむ》なんて判別できない。

「このあと授業は？」

ううん、とわたしは首を左右に振る。

「ちょっと待ってて」

彼はその場を離れると、すぐに自転車を持って戻ってきた。驚くほど錆《さ》びたママチャリだ。前についた大きなかごはひしゃげていて、ろくにものが入りそうにない。

「じゃあ行こう」

「え、行こう、って……」

まさかふたり乗りするつもりなのだろうか。ろくに知らない男の腰に摑まってふたり乗りなんて、できるわけがない。

「頑張って走ってついてきて」

え、ちょっと待って、と言う間もなく真嶋さんは自転車にひらりとまたがって漕ぎはじめた。

運動部に入ったことがなくてまったくスポーツをやっていないわたしは、息を切らし横腹を痛くしながら必死に自転車を追いかけた。なんなんだろう、と何度も頭のなかで繰り返す。なにもかもが唐突だし、このひとがなにを考えているのかまるでわからない。だれに対してもこんな態度なんだろうか、と考えていたら、『真嶋が五音節以上喋るの、はじめて聞いた』という彼の友人らしき男の声が耳の奥で甦った。——わたしにだけ、こうなんだろうか。

着いたのは古い日本家屋だった。木や草や石が配置された庭があり、ふたつの建物が渡り廊下で繋《つな》がれている。庭に面した縁側の奥の障子は開け放たれ、畳の和室が見えた。生まれたころからマンション暮らしで「祖父母の田舎の家」みたいなものもなかったわたしには、そのたたずまいが珍しかった。

しゃがみ込み、呼吸を整える。汗が額から髪を伝って流れ、ぽたりと地面に落ちた。蟻が赤とんぼの死骸を引きずって歩いているのが見える。ここって実家ですか、と訊ねようとして口を開けたそのとき、視界を小柄なおじいさんが横切った。

「おお、弦くん帰っとったんか。じゃがいももらったから、母屋のほうに取りにおいで」

あ、はい、あとで行きます、と真嶋さんは会釈《えしやく》した。

おじいさんが大きいほうの家に消えると、彼はわたしのほうへ向き直った。

「庭の手入れを条件に格安で借りてる。住みはじめたころは荒れ放題で、投げ込まれたごみだらけだったから。……ちょっと待ってて」

そう言って離れの縁側から奥の部屋に消えると、すぐに猫を抱えて戻ってくる。

「あ、しりちゃん」

縁側に座っているわたしの腕へ渡されたしりは、なーん、と鳴いて身をよじった。からだに力が入っていて四肢を突っ張らせているが、このあいだは警戒してなかなか触らせてくれなかったことを思うと、ずいぶんひとに馴れている。膝に乗せて、「しり」の文字をなぞるように撫でてみた。しりはしばらく耐えていたが、急に立ち上がりわたしの手から逃げて庭へたたたと走っていった。

「ああ、行っちゃった」

しりが去ったとたんに間が持たなくなり、わたしはすぐそばに生えている草に触れた。

「これ、なんて名前でしたっけ？　ちいさいころ節のところをちぎって遊んだなあ。なかが空洞なんですよね」

五センチほどの間隔で節のある、竹をうんと細くしたような植物だ。

「トクサ」

「そうそう、トクサ」

「砥石みたいに研ぐことができるから砥草なんだ」

「砥石みたいに？　どうやって？」

真嶋さんは一本のトクサを引っ張った。節のところでするりと抜ける。

「手、貸して」

言われるまま左手を差し出す。彼はわたしの指を摑んで爪を磨きはじめた。ひんやりとつめたい手の感触が伝わってくる。大きく脈を打っている心臓の音が彼にまで聞こえるんじゃないかと不安になった。どんな顔をすればいいかわからなくてうつむくと、自分のワンピースの柄が眼に飛び込んできた。

「アイヌ民族の言葉ではシプシプっていうんだ、トクサのこと」

「シプシプ？」

「研ぐ音がそう聞こえるらしい」

「シプシプかあ」

かわいい言葉の響きに、ふっと笑いが洩れた。緊張が少しだけゆるむ。

ワンピースの説明が終わると、小針先生は下着すがたになるように指示し、メジャーを取り出してサイズを計測しはじめた。

「最近急激に痩せた？」

腕まわりをぐるりと測りながらそう訊かれて、ぎくりとした。

「そうかもしれませんが……どうしてわかるんですか？」

「どこかアンバランスだから。ううん、ひとのからだはだれもがアンバランスなものだけど。顔と同じで、ひとりとして同じ体形のひとはいないの。だれもがアンバランスで、だれもが正しい。……普段はどうやって服のサイズを選んでいますか？」

「普通にMサイズを」

「試着は？」

「したりしなかったりですね」

「既製服のMサイズは、そのブランドが考えるターゲットの体形であって、あなたの体形とはまた違うわ。自分のからだをよく知ること、それが服を選ぶうえで大切なの」

「自分のからだをよく知る……」

「いわゆるMサイズの体形でも、筋肉質だったり身幅が狭かったり、ウエストのくびれがあったりなかったり、お尻の厚みはないのに腰骨が張っていたり。一人ひとり違うでしょ。今日着てきたジャケットのタグを見てみて」

わたしは床のかごに入れてあるジャケットを拾い、タグをさがした。洗濯を繰り返して薄くなった文字を読む。

「Mサイズ、バスト83、ヒップ91、身長158、って書いてあります」

「この数値がブランドの考える標準体形。比べると、あなたはバストはほぼ同じだけれど、ヒップは四センチもちいさい。身長は？」

「一六三センチです。……つまりわたしは、標準からずれたいびつな体形ですか」

「いいえ、この程度の差は特別なことでもなんでもないわ。さっきも言ったように、ひとりとして同じ体形のひとはいないんだから。既製服を買うときや既存の型紙から縫うときは、バストを基準にして選ぶのが基本だけど、うちは一人ひとりの体形に合わせて型紙を起こします」


生徒四人の面接が終わると、布を買うために手芸店へ繰り出した。かしましおばあさんトリオは頬を上気させて、ロール状の生地を引っ張り出してはあれこれ喋っている。

「おお、この布、赤が派手でいいじゃないか」

「いかにもおリュウさん好みじゃない」

「おリュウさんのつくるスカートはとろみのある素材でしょう？　これはコットン

だからイメージが違うわ。あとで化繊のコーナーを見ましょう」と小針先生が背後から口を挟んだ。

「千代子さんはどんな生地をさがしてるの？　わたしのはすぐ見つかるだろうから、手伝うわ」としのぶさんが千代子さんの顔を見る。

そういえばさっきから千代子さんだけはにこにこと眺めるだけで、布に触れていない。

「わたしはいいの。ほかの店で買うから」

「こんなにいっぱい種類があるのに、この店じゃ駄目なのかい」とおリュウさん。

「そう、ここにはない布を使いたいから」

わたしは彼女たちから少し離れて歩いていた。花柄の布が並んでいる一角が眼に留まる。近づいて、ロール状の生地に指を伸ばす。

「あ、これ――」

ほかのコットンとは指に伝わる感覚が違った。つるりとしていてやわらかだ。脳の一部がじんわりと熱くなり、記憶と共鳴する。あの縁側で、トクサを持っている弦一郎に左手を預けながら、空いている右手で握りしめたワンピースの手触り――。

「リバティプリントね」

いつのまにか小針先生が背後に立っていた。

「リバティ?」

「ロンドンのリバティ社が生産している生地のこと。タナローンといって、シルクのようになめらかな手触りのコットンのプリント生地をつくっているの。花柄が有名で、シーズンごとにコレクションが発表されるから数えきれないほどの種類の柄があるわ」

さまざまなタッチのカラフルな小花模様の生地がいくつも並んでいた。すみれ、マーガレット、ぺんぺん草、赤くて丸い木の実。まるで売り場が花畑になったかのようだ。どれも素朴でどこか懐かしい。お母さんに縫ってもらったお気に入りの服を着てはしゃぐ幼い少女が頭に浮かんだ。花柄以外もある。紺地に白で雲らしき模様が描かれた生地、リボン柄、いちごを咥えた鳥が向きあっているゴシック調の柄。

ある生地の前で、わたしの呼吸は止まりそうになった。白地に線画で大小さまざまなひまわりが描かれ、ピンクやブルーなど色とりどりに塗られている。ぱっと眼が惹かれる、明るく賑やかな柄。色や柄のサイズは違った気もするが、このひまわりだ。

うつむいてじっと自分のワンピースの柄を見ていると、真嶋さんは爪に視線を固定したまま呟いた。

「ひまわりだね」

「あっ、ほんとうだ。自分の服なのになんの花なのか考えたこともなかった」

もうすでに秋なのに、季節外れで少し恥ずかしい。

この家はとても静かだ。シャッシャッシャと爪を研ぐかすかな音が、通りを行く車の音に混じって耳に届く。シプシプとは聞こえない。

「ここに友だちとかよく呼ぶんですか？　騒いでも苦情の心配はなさそう」

「いや、誰も来たことはないね。家主のおじいさん以外ははじめて」

じゃあなんでわたしを？　訊ねたかったけれど言葉は喉から出てこない。シャッシャッシャという音、遠くで鳴くカラス。

ふいに、ため息のようなものが空気を乱した。真嶋さんの手が止まる。音も止み、時間が停止した気がした。

「……あんまりひとと親密にならないようにしようって、自分に言い聞かせてきたのに」

わたしは顔を上げ、眼差しで訊ねた。どうして、と。この家に入ってはじめてまともに彼の顔を見た気がする。

「時限爆弾が入ってるんだ。ここに」

真嶋さんはピストルを撃つジェスチャーで自分のこめかみを指す。

どきんと心臓が大きく跳ねた。嬉しいのかかなしいのか、よくわからない予感が胸にこみ上げて息が苦しくなる。


ひと晩水に浸けてから陰干しをしていた生地に触れてみる。わずかに湿っている。完全に乾く前に、と小針先生は言っていたから、このぐらいでよさそうだ。生地を取り込むとアイロンの準備をした。アイロンとアイロン台を処分する前でよかった。

前回、布を購入したあとに地直しのやりかたを教えてもらい、初回の教室は解散になった。生地はもともと歪んでいて、さらに洗濯で縮むことがある。そのためあらかじめ水に浸して乾かし、アイロンで織り地の縦糸と横糸の歪みを直す必要があるのだそうだ。

生乾きの布にアイロンを滑らす。蒸気が立ちのぼってわずかに焦げくさいようなにおいが広がる。以前は気持ちが乱れると、普段クリーニングに出している弦一郎のワイシャツを家で洗濯して、アイロンをかけていた。襟の裏側にアイロンを滑らせ、表側にもかけ、襟と身頃をつなぐ台襟、前立て、カフス、袖、身頃——工程をひとつひとつこなしているうちに、ぐちゃぐちゃになっていたこころもアイロンをかけたようにぴしっと伸びていった、そんなことを思い出す。

アイロンを持つのは、弦一郎が最後に入院した日の前日以来だ。もうアイロンがけを待つワイシャツはこの家にはない。

歪んでいた布の目が揃っていく。四方が直角になっていく。

終末の洋裁教室、二週め。小針先生はパーツのかたちに切り取られた半透明のハトロン紙を配った。四人それぞれ、パーツのかたちや数が違う。

「おリュウさんはスカート、しのぶさんはブラウス、千代子さんはズボン、真嶋さんはワンピース。見事にばらけましたね」

自分に配られた型紙の数と大きさを見て、ワンピースを選んだことを後悔した。前スカートや後ろスカート、前身頃に後ろ身頃のほか、よくわからない細かいパーツもある。おまけに背にファスナーをつけなければいけない。長いことミシンを触っていない自分にできるのだろうか。思ったよりもめんどくさそうだと途方に暮れた。なんでこんなことをやろうと思ってしまったんだろう。わたし以外のだれかもため息を洩らした。

「難しいところは手伝いますのであまり気負わないで」と小針先生は全員のこころを読んだように励ます。

大きなテーブルに布を広げた。その上に型紙を置いて重しを載せ、まち針でとめる。型紙に記されたしるしを、チャコペーパーという複写するための紙を使って布に写す。

「なるべく手順を減らすために、型紙は縫い代つきでつくっています。そのまま裁断してだいじょうぶ」

ずっしりと重たい裁《た》ちばさみを持つ。失敗したら決して安くはなかった布が無駄になってしまう、と思ったら緊張がこみ上げたが、思いきってはさみを入れる。はさみは爽快な音を立てて滑るように薄い布を切っていく。なめらかな布の手触りが指に心地よい。裁断が終わるころには全身に汗をかいていた。小針先生は四人の動きを見ながら、さりげなく世話を焼いている。

謎のちいさいパーツは襟ぐりや袖ぐりの裏につける見返しらしい。これに接着芯という、糊《のり》のついた無地の布をアイロンで接着していく。生地に厚みと張りを出して、型崩れや伸びを防ぐためのものらしい。

それが終わり、いよいよ布を縫い合わせるのかと思うと、ロックミシンという見たことのないかたちをしたミシンの前へと連れて行かれた。

「このままだと裁った縫い代がほどけてくるので、端処理をします」

まずは小針先生が実演してみせた。二本の針が高速で動き、縁をかがっていく。縫い目を見て、そういえば既製服の裏側ってこんなふうになっていた、と思い出した。席を替わってもらい、自分でも縫っていく。機械音を立てて布を呑み込むミシンに必死で食らいついていく。

四人の生徒がその工程まで終わったところで、教室の終了時間が来た。

「かわいい柄ね。これから夏が来るからちょうどいいわ」

正面に座っているしのぶさんが、わたしが片付けているひまわり柄の布を見てほほ笑んだ。彼女の手もとには水色の麻らしい布がある。

「あたしの布はくにょくにょ動いて、扱いづらいったらありゃしない。あんたらみたいに木綿や麻にすりゃよかった」

おリュウさんの布は鮮やかな赤の水玉模様だった。ぐいと布を差し出され、触ってみる。ポリエステルかレーヨンだろうか。光沢があってやわらかい生地は裁断も縫うのもたいへんそうだ。

「千代子さんはどんな布ですか?」

わたしは自分のはす向かいに座っている千代子さんに訊ねた。

だが、千代子さんは「いいのよ、わたしのは。完成したらわかるもの」と言って隠すようにそそくさと紙袋に片付けてしまった。

あの手芸店では買えない、千代子さんの特別な布。少しだけ気になったが、マンションを出て喫茶店に向かう彼女たちの誘いを断ってひとり歩き出すと、すぐに興味は薄れた。好奇心だとか交流だとか、そういうものはわたしにはもう必要ない。規則正しく針を上下させ糸を送るミシンみたいな機械になりきって、ただ無心に課題をこなし、そして人生を終わらせるのだ。


終末の洋裁教室、三週め。はぎれを使ってミシンの動きを確認し、小針先生に手伝ってもらって糸調子を整えると、いよいよ縫っていく。身頃を立体的にするダーツを縫い、前身頃と後ろ身頃の肩を縫い合わせ、襟ぐりに見返しを縫いつける。ダーツを中心側に倒したり縫い代を割ったりと、合間合間にアイロンをかけながら。

「アイロンの一手間でできあがりは変わります。めんどうがらずにこまめにかけてください」小針先生の湿度を感じる少し低い声が、数台のミシンの音が厳《おごそ》かに重なる教室に響く。

はじめはおっかなびっくりミシンのフットコントローラーを踏んでいたが、次第にリズムがからだに馴染《なじ》んでくる。縫う速度はきわめてゆっくりではあるけれど、暴れ馬のように恐ろしく扱いづらいと感じていたミシンが、せめて野生のキツネぐらいの距離感に変わっていく。手懐《てなず》けることは難しいものの、いきなり蹴ったり噛みついたりしてくることはなさそうだ。

パーツが繋がり、少しずつワンピースのかたちに近づいてくる。粗い目のミシンをかけて、糸を引っ張ってギャザーを寄せる。平面だった布が、ダーツやギャザーでふんわりと立体的に変わっていく。二次元から三次元へ。ギャザーが寄ったスカート部分と、身頃部分のウエストを縫い合わせる。これですべてのパーツが繋がった。

「そろそろ今日は終わりにしましょうか」

小針先生の声にはっと顔を上げる。壁の時計を見て、時間の経過に驚いた。三時間の講習のあいだ、完全に無心になっていた。弦一郎が死んでから、こんなに長いあいだ彼を思い出さなかったことなんてなかった。

帰りに主食であるレモン味のアイスキャンディを買いにコンビニに寄った。アイスのケースを開けて箱を手に取ったところで動きが止まる。もうこれは食べたくない。さんざん食べて、もういらない。かといってほかに食べたいものも思い浮かばず、なにも買わずにコンビニを出る。

マンションの自分の住まいに帰ったわたしは、まっすぐにキッチンに向かい、食器棚の下の抽斗を引っ張った。最後に開けたのはいつだったか憶えていない米びつの蓋を取り、計量カップで一合ぶんを掬《すく》う。

いまの白米は無洗米でなくても軽くかき混ぜて二、三回水を取り替えるだけでいいと聞くけれど、子どものころ習ったようにぎゅっぎゅと米を念入りに握って研いだ。水のつめたさと米の粒の感触が心地よい。数回水を替えてから炊飯器にセットした。ベッドに横になる。夢うつつのなかで、米が炊ける甘い香りを嗅いだ。

終末の洋裁教室、四週め。今日でいまの課題は完成させなければいけない。だが、わたしにはファスナー付けという最大の難関が残っていた。使うのはコンシールファスナーという、薄くて表からは目立たないファスナーだ。後ろ中心のファスナーをつける部分を、ミシンの針目を大きくして仮縫いし、アイロンで縫い代を割る。その縫い代へ、しつけ糸を使って手縫いでファスナーを縫いつけていく。そのさきは複雑で、小針先生に教えられながら進めるが自分がなにをやっているのかもよくわからない。失敗してほどいたりしつつ、なんとかつけ終わった。今度はひとりでやってみてと言われても、できないだろう。

「お疲れさま。真嶋さんはこれでミシンは終わり。あとは手縫いの部分ね」

ふう、と息を大きく吐いて、こわばっていた全身の力を抜いた。

「洋裁ってのんびりお菓子でも食べてお喋りしながらやるものだと思っていたけれど、けっこう体力を使うのね。立ったり座ったりアイロンの蒸気を浴びたり、汗だくだわ」と千代子さんが話し、しのぶさんが相槌を打っている。

椅子に深く座り、裾を奥まつりという方法で縫っていく。小針先生のお手本の部分とわたしの大きくてがたがたの縫い目は、同じ縫いかただとはとても思えない。

ミシンの勢いから解き放たれて、水泳をしたあとのような気怠《けだる》さが全身に残っていた。淡々とひと針ひと針動かしていく。クラシックの曲で、オーケストラが荘厳なクライマックスを迎えたあと、ごく数人のパートが静かな音色を名残《なごり》惜しげに奏《かな》でて終わるものがある。いまの気持ちはあの部分を聴いているときに近いと思った。

見返しが飛び出さないように千鳥がけという方法で縫いつけ、ファスナーの上にホックを縫いつけて、わたしのワンピースは完成した。顔を上げると、ほかの三人もほぼ同時に終わったようだった。すごい偶然だと思ったが、たぶん小針先生がさりげなくタイミングを調整していたのだろう。三人のおばあさんの顔には達成感が満ちている。わたしもそういう顔をしているのだろうか。

「それではさっそくお披露目《ひろめ》をしましょうか。ひとりずつ、あの小部屋で着替えましょう。そうね……まずはおリュウさんから」

瞳をらんらんと輝かせて小針先生の顔を見ていたおリュウさんは、「やった!」とちいさく声を上げてすばやく立ち上がり、赤い水玉のスカートを抱えて小部屋へと走り込んだ。今年で七十七歳だと言っていたが、とてもそうは見えない身のこなしだ。

あっというまに着替えて出てきて、じゃーん、とスカートを摘まんでポーズを取る。スカートはふくらはぎのまんなかあたりの丈で、おリュウさんが回転するとふわりと舞った。すてきすてき、とみんなからの歓声を受け、つんと細く高い鼻を得意げに膨らませる。

「はたちのころ、あたしは田舎を飛び出して東京に出てきたんだ。無計画な家出だね。すぐに金が尽きて、浅草の道端に座って途方に暮れていたら、山高帽にステッキの粋《いき》な男があらわれてね。事情を話したら仕事を斡旋《あっせん》してやるといって、あたしを連れて行ってくれたんだ。ところが着いたのはストリップ劇場で、入口にはヌードダンサーって文字がでかでかと掲げられてた。初心な田舎娘だったあたしはびっくり仰天《ぎょうてん》さ」

「たいへんじゃない。その男、ひと買いだったってこと?」

いつもやわらかな千代子さんの顔が険しくなった。

「そう思って真っ青になったが、あたしに与えられたのは受付の仕事だった。田舎訛《なま》りを隠しながら必死に毎日客の木戸銭を受け取って入場券を渡しているうちに、踊り子のお姐さんたちと親しくなってね。いつしか自分もあの舞台に立ちたいと思うようになった。なんたってあんなに華やかなもの、それまで見たことがなかったんだから」

「そんな人生を歩んできたのね、あなた」しのぶさんは胸の前で手を組み、やや上気した感慨深そうな面持ちを浮かべている。

「ヌードダンサーになるって決意した日、これによく似たスカートを買ったんだ。これからはとびきり格好良くてきれいな女になる、田舎娘のあたしなんて捨ててやるって決めたからさ」

「人生の大切な決意のお話ね。聞かせてくれてありがとう」と千代子さん。

「こちらこそご清聴ありがとう」とおリュウさんは冗談めかして言ってふたたび

ポーズを決め、椅子に座った。

「つぎはしのぶさん、いかがかしら」と小針先生から水を向けられて、今度はしのぶさんが小部屋で着替えた。水色の麻でできた飾り気のないブラウスだ。

「残念ながら、わたしのこのブラウスにはおリュウさんみたいな劇的な話はないの」

「でもはたちのころに気に入っていた服なんでしょう?」

「当時のわたしは自分の服に興味がなかったの。自分がなにを着たいのかどころか、自分が何者なのかもよくわかってなくて……。はたちのときと言われて、思い浮かんだのはこれに似たシャツを着てぼんやりとたたずんでる自分のすがたなのよ。そうね……まだわたしがわたしでなかったころ」

とらえどころのないしのぶさんの話に、その場にいた全員が狐につままれたような顔をした。小針先生の声が場の空気を取り仕切る。

「つぎは真嶋さん、どうかしら」

あ、はい、と返事をして立ち上がった。

「あなたのがいちばんの大物だから、どんなできあがりになるのか愉《たの》しみにしていたのよ」

「あたしなんてスカートで精いっぱいだったのに、初っぱなからワンピースとはね」

ワンピースを胸に抱えて小部屋に向かう。パーカとカットソーとジーンズを脱ぎ、完成したばかりのワンピースのファスナーを下ろして頭からかぶった。自分でつくった服をなんとなく信用できなくて、破かないようにおっかなびっくり腕を通す。さらりとした薄くやわらかな布が肌を包んだ。手を後ろにまわしてファスナーを引っ張り上げる。乱れた髪を手櫛《てぐし》で整え、鏡を見ずに小部屋から出た。

「まあ、かわいいわ」

「いいねえ若くって」

「わたしもあと五十若かったら、そんなワンピースを着てみたいわ」

三十を過ぎてもう自分は若さを失ったと思っていたわたしは、おばあさんトリオに若い若いと言われて苦笑した。

「それで、どんな思い出があるの？」

「……夫とつきあうきっかけになった日に、着ていたんです」

まるで女学生のように、おばあさんトリオは歓声を上げて喜んだ。詳しく聞かせて。旦那さんはどんなひとなの？　どこで知り合ったの？　と矢継ぎ早に質問を浴びせられる。

「すみません、とくに面白い話はないんです。それよりも千代子さんの話を早く聞きたいです。生地も特別なお店で買ったんですよね?」

狡《ずる》いとは思いつつ、わたしは話の矛先《ほこさき》を千代子さんに向けた。

「……そうね、わたしも着なきゃいけないのよね」

華やいでいた千代子さんの顔がふっと暗くなった。完成した藍色のズボンを隠すように手に持ち、足を引きずってのろのろと小部屋に向かう。普段は九十二歳だなんて信じられない千代子さんだけれど、いまの後ろすがたはぐんと老け込んで見えた。悪いことを言ってしまっただろうか、と胸が痛む。

ずいぶんと時間が経ってから出てきた千代子さんを見て、室内の空気がざわめいた。

「あら、それって——」

「もんぺ……よね?」

「そう、もんぺ。生地は中古着物のお店で買ったの。安くて古びたものを」

「なんでわざわざ……」

「わたしがはたちのころ、日本は戦争をしていたわ。ちょうど昭和二十年。もうじき日本が負けて戦争は終わるなんて想像もしていなかった。よそゆきの着物はみんな母が田舎に出向いて米と交換して、残ったものは袖を絞った上衣ともんぺの決戦服に仕立て直して着ていた」

力なく椅子に腰を下ろした千代子さんは、うつむいてテーブルの木目を見つめながらひと言ひと言嚙みしめるように話しはじめた。

♛

女子挺身隊として、海軍工廠《こうしょう》の火薬工場で働いていたの。白い鉢巻を締めて、古い縞木綿の着物をほどいて仕立てたもんぺを穿いて。仕事の内容は薬莢《やっきょう》に火薬を詰めること。お国のためにと思って疑いも持たずに意気揚々と、ひとを殺す道具をつくっていた。……そうね、確かにそういう時代だったからと自分をごまかすことはできるかもしれない。でもわたしは、後悔してもしきれないの。

そんな時代にも恋はあったのよ。相手は工場の若い班長さん。少ない休みの日も個人行動はできなかったし、寮は男子禁制だったから、ふたりきりで会うことはいちどもなかった。工場での作業中に、ちいさく畳んだ手紙をこっそりやりとりしていたの。周囲に気付かれないように手紙を渡したり受け取ったりすることには罪悪感を抱いていたけど、すごく甘やかで胸がときめいたわ。

でもそんな恋は長くは続かなかった。彼に赤紙が届いたの。翌日、彼から受け取った手紙にはこう書いてあったわ。「出征する前にきれいな服を着たきみを見たい」って……。

あのころ、月に二回母が面会に来てくれていたの。つぎに来るときには浴衣かスカートを持ってきてほしいと頼んだ。母は約束を守ってくれた。きっと故郷に帰ることもできずに粗末な食事で働く娘を不憫《ふびん》に思ったのね。もう家にそんな服は残っていなかったのにどうやって手に入れたのかはわからない。

とにかく、蒸したサツマイモを詰めたリュックサックの底に隠して持ってきてくれた。白地に朝顔の柄の浴衣と、桃色の帯。朝顔は季節外れだし、浴衣一枚では肌寒い時期だったけれど、そんなの些末《さまつ》なことだった。

彼は夜の汽車で出発することになっていたわ。消灯時間のあと、トイレに行くふりをして寮を抜け出した。待ち合わせの場所に向かうために走っていたら、憲兵さんに捕まってしまったの。華美な服装をしてけしからんと叱られて、平手打ちされた。解放されたときにはもう、班長さんを乗せた汽車は出たあとで……それきり二度と会えなかった。

「ごめんなさい、愉しい洋裁教室なのに暗い話をしてしまって」

千代子さんは老眼鏡を外し、ヒョウ柄に似たしみで覆い尽くされた指で目蓋をぬぐった。

「……はたちのときの思い出の服は、朝顔の浴衣じゃなくてもんぺのほうなのね」

しのぶさんがハンカチを差し出しながらやわらかな声で訊ねた。

「もんぺなんてちっとも気に入っていなかったけど……あの浴衣を縫うなんて、つらすぎるから」

「同じばあさん仲間だと思っていたけれど、考えてみたら十五も離れているもんね。あたしは終戦の年には四つか五つだったから、戦争のことはほとんど記憶にないんだ」

そう言っておリュウさんは向かいに座る千代子さんの手を握る。千代子さんは息を吐き、また話しはじめた。

「玉音放送《ぎょくおん》の日を過ぎてもしばらくはもんぺを穿いたままだったけれど、少しずつ戦争は遠ざかっていって、そのうち自分の着たい服が着られるようになった。でもそのときはもうはたちの娘じゃないの。どんなにいい時代が来たって、はたちは人生に一年だけ、二度と戻れない。娘ざかりのいちばん輝いていたころ、わたしは着飾ることがいっさいできなかった。せめて死に装束はとびっきりお洒落をしたいと思って、この教室に通うことにしたんです」

爪を研ぐ真嶋さんを見つめる。下へ向かって生えている長い睫毛がつくる影、へこんだ眉間から伸びるあまり高くない鼻、薄いくちびるにあるちいさな茶色いほくろ――。自由になっているほうの手を、そのほくろへ伸ばした。赤ん坊が目の前にいるひとに向かって手を伸ばすような、意図のない無垢《むく》な動作で。なに?　と顔を上げた彼が問う。そのわずかに動いたくちびるを指はすでに撫でている。少しかさついたくちびるの手触り。わたしは眼を瞑り、上体を彼のほうへ倒した。息が顔にかかる。やがてくちびるに確かな体温を感じた。時間が水飴のように伸びて甘くきらきらと輝き出す。

帰宅して靴を脱いでいると、玄関ドアの内側に貼ってある紙に視線が留まった。緊急連絡先と題されたメモ。ふと思いついてバッグからペンを取り出す。実家の連絡先の下に「小針ゆふ子（洋裁教室）」と書き、スマホに登録してある教室の電話番号をつけ足した。

決行したあと、となりの市に住んでいる両親が駆けつけるまで少し時間がかかるだろう。ほかにも連絡の取れるひとがいたほうがいいかもしれない。知り合って日の浅い、プライベートでの交流のないひとに迷惑をかけるのは気が進まないけれど、いま、わたしが定期的に会っているのはあの教室の面々だけだ。

千代子さんの話を思い出す。戦時下の青春に多少は胸が痛んだけれど、わたしのこころはエアーパッキンで梱包してしまったみたいに鈍く、外界からの刺激にほとんど反応しない。せめて死に装束はとびっきりお洒落をしたい、その言葉だけが共振を引き起こした。

バッグを床に置き、手を洗うために洗面所に入ると、鏡のなかの自分と眼が合った。着替えずに帰ってきたので、完成したばかりのワンピースを着たままだ。

——あ、そのワンピース。

頭のなかで弦一郎の声が聞こえた。

——そう、懐かしいでしょ。

声には出さずにそう答える。

すぐにわれに返り、なにやってるんだろ、と呟く。自分の脳内で会話をつくっているむなしさが、砂のようにざらざらと自分の体内に流れてくる。落ち込んでいるときに、にゃーんと鳴きながらしっぽを脚に絡めてくる猫も、もういない。わたしは背のファスナーを下ろしてワンピースを脱ぎ捨て、洗面所の床にしゃがみ込んだ。

第三章

十五歳のころに憧れていた服を思い出してみましょう

　ウェイターの指がテーブルに紙のコースターを置き、細長い逆円錐形のグラスを載せた。こんもりと盛られたパフェを見て母は頬をゆるめる。わたしの前にも同じものがやってきた。

「写真撮らなくていいの？　最近のひとはインターネットに載せるんでしょ、こういうの」

　わたしそういうのやっていないから、と笑って答える。幾重にも重ねられたジュレやクリームやソースの上に、若草色のピスタチオのジェラートと赤くつやつやと輝くさくらんぼが載ったパフェは、確かにフォトジェニックだ。

「そっちに行くついでに麻緒のところに寄ってもいい？」と母から電話をもらったのは数日前のこと。渡したいものがあるからと言われたのだが、マンションの部屋に入られるのは阻止したかった。スニーカー一足とパンプス一足だけが残っているシューズボックス、なにもかかっていないコートハンガー、がらんとした本棚、資源回収の日を待って玄関に積み重ねてある雑誌類、調味料すらろくに入っていない冷蔵庫。ただの断捨離だと言い張るには度が過ぎている。他人ならともかく、肉親をごまかせる自信はなかった。どうせいつかは深い哀しみの淵に沈めてしまうけれど、それまではなにも知らずにいてほしい。

だから、「近所にパフェが売りのカフェができたから行かない？」と誘い、外で会うことにしたのだった。

「そうそう、忘れないうちに」

パフェを半分ほど掘り進んだところで、母はテーブルに紙袋を置いた。ごそごそと音を立てて中身を取り出す。

「ほら、家庭菜園で採れた二十日大根。収穫まで二十日どころか四十日もかかったけど。こっちはおとなりさんにいただいたお土産のおすそ分け」

「あ、かたいほうの八ツ橋だ」

「麻緒、あんこが入ってるのよりもこっちのほうが好きでしょ」

「うん。ありがとう」

「それと、うちに届いていた麻緒宛ての郵便物も入れてあるから」

「わざわざすいません」

紙袋ごと受け取って、となりの座席に置いた。

「痩せたんじゃない？　ちゃんと食べてるの？　ひとり暮らしじゃ食事もてきとうになっちゃうでしょ」

母の口調は明るいが、その眼は心配そうにわたしを観察している。今日だって、用事はただの口実で娘のようすを確認しに来たに違いない。

「ここのところ仕事が忙しくて帰りが遅いんだよね。遅い時間に食べるのもからだに悪いから、つい夕飯を抜いちゃって」

軽い口調をつくってそう返したが、心臓はばくばく跳ねていた。

「無理してない？　休職はできないの？」

「できるけど、いまけっこう仕事が面白くて」

とっくに仕事を辞めているのに嘘をついた。

長い匙《さじ》でソースとクリームを掬い、口へ運ぶ。果実のかたちが残っている自家製らしきさくらんぼソースの、ほのかな酸味を含んだ甘さが舌を包んだ。あ、おいしい。思わずそう呟いてから、なにを食べても味がしなかった時期があったことを思い出す。自分が変わりつつあることに胸がぎゅっと痛くなった。

マンションの部屋に帰宅して、二十日大根を冷蔵庫の野菜室に入れ、八ツ橋を戸棚にしまう。紙袋を覗き、底に残っているはがきを摘まみ上げた。クラス会のお知らせ、という文字が見える。往復はがきだ。少し前に母から、元同級生と名乗るひとから電話がかかってきたと連絡があったことを思い出した。そのときは聞き流していたが、この件だったのだろう。

中学三年のときのクラス会らしいけれど、幹事の名前を見ても顔を思い出せなかった。指折り数えてみる。――卒業して十七年。そのあいだにクラス会が開催されたことがあるのかどうかもわたしは知らなかった。たとえ案内状が届いても、興味がなかったから一瞥して捨てていたに違いない。

中学の同級生とは卒業以来ほとんど交流がなかった。成人式にも出席しなかったから、だれがどうしているのかまったく知らない。いちばん仲の良かった友だちの顔は浮かぶものの、名前は出てこない。

玄関に山積みになっている資源回収に出す予定の雑誌類のなかに、卒業アルバムもあったはずだ。少し迷ってから玄関に向かい、束《たば》ねている荷づくり紐をほどいて卒業アルバムを取り出した。

ダイニングテーブルに置いてページをめくる。紺色の野暮ったいブレザーを着た少女たち、最近はあまり見かけなくなった古風な学ランを着た少年たち。三年三組の顔写真のページを開くと、眼鏡をかけて三つ編みを垂らしている女の子が眼に留まった。野口加奈《のぐちかな》、と写真の下には書いてある。

「そうそう、かなやんだ」

懐かしい顔に思わず顔がほころぶ。当時の親友だった女の子。鍵のついた日記帳を使って交換日記をしていたっけ。好きな男の子と眼が合ったとか進路の悩みとか親に対する愚痴とか、いま思えば他愛ないけれど当時は世界そのものみたいに重要だった話を綴ってやりとりしていた。好きな男の子、という言葉から南悠真《みなみゆうま》という名前が頭の中心にぱっと浮かぶ。クラスの男子でいちばん背が低かったけれど、バスケ部の部長でだれよりもすばやく動いて相手チームからボールを奪っていた。身長を伸ばしたくていつも給食では休みの子のぶんの牛乳まで飲んでいた。消しゴムに好きなひとの名前を書いてだれにも使われずに最後まで使い切ると両想いになれる、というおまじないをやっているときにうっかりかなやんに使われて、本気で怒って一週間絶交したこともあったっけ。

南くんは勉強もできて学区でいちばんの進学校に合格したはずだ。わたしは彼と同じ高校に行きたくて、受験勉強を頑張っていた。
規則正しく並んだ写真を指で辿って、真嶋、いや、篠原《しのはら》麻緒をさがす。――いた。緊張しているのか、はにかむようにぎこちない笑顔をつくっている十五歳のわたしは、いまの自分からはあまりにも遠い存在だ。少し癖のある髪だとか、右が二重で左が一重の目蓋だとか、まぎれもない自分自身なのに、この子はいまのわたしをかたちづくっているものをまだ知らない。
卒業アルバムから顔を上げると、テーブルの上に置いたままになっている封筒が視界に入った。前回の洋裁教室の帰り際に小針先生から手渡されたものだ。すでに封は切ってある。手を伸ばし、なかに入っている一枚の一筆箋を取り出した。

十五歳のころに憧れていた服を思い出してみましょう。

一筆箋を揺らすと、レモンやオレンジのようなシトラス系の爽やかな香りが立ちのぼった。制汗スプレーに似た香りにつられて、セピア色の光景が脳内のスクリーンに再生される。砂埃が舞う校庭、緑色のリノリウムの廊下、ひんやりとした冬の体育館、擦れて光っているプリーツスカート、くるくるドライヤーでカールさせようとして失敗した前髪、学ランの襟カラーが苦しそうな喉仏――。

一筆箋をテーブルに置き、ふたたびクラス会の案内状を手に取る。ご出席とご欠席の文字を交互に眺め、息を吐いた。


「思い出せましたか？　十五歳のころに憧れていた服」

告解室のような小部屋で小針先生に訊ねられ、わたしは「いえ」と首を横に振った。結局ノープランで洋裁教室の日を迎えてしまった。正面に座る小針先生から眼を逸らし、自分の手もとを見つめる。もう長いことネイルカラーを塗っていない、中途半端に伸びた爪。栄養が偏っているせいか、表面がぼこぼこと波打っている。

「第一志望だった高校の制服しか浮かばなくて。でも制服をつくったところで着られないし、そもそも制服なんて複雑なつくりのもの、わたしには難しすぎるし」

「どんな制服だったのかしら。ブレザー？　セーラー？」

「セーラー服です。オーソドックスな。紺色で、襟には二本のラインが入ってて。スカートはプリーツでした」

「そうねえ――」小針先生は頬杖をつき、アーモンドアイを天井に向けて、しばらく考えるそぶりを見せた。今日もお手製らしい黒い服を着ている。胸もとにピンタックがいくつも寄った、シャツワンピースだ。「じゃあ、セーラーカラーのブラウスを縫ってみましょうか」

「えっ、セーラーカラーなんて！」思わず大きな声が出た。「先生、わたし三十二ですよ。いくらなんでも厳しいかと」

「デザインや素材によっては大人だってだいじょうぶ」

小針先生はさらさらと紙にペンを走らせてデザイン画を描いている。

「でも……」

セーラーカラーというと、制服か水兵か、あるいはロリータファッションぐらいしか想像できない。

「白いブラウスに紺色の襟だと確かに制服のイメージが強いけど、襟と身頃を同じ布にして、襟はちいさめにすれば、ナチュラルで大人っぽいガーリースタイルのセーラーカラーのブラウスになるわ。生地は麻などのさらっとした軽いものにしたら、これから来る夏にぴったり」

そう説明されてもまだセーラーカラーに抵抗があったが、ほかに候補も思い浮かばず、わたしは小針先生の案を受け入れることにした。

全員の面接が終わると、先月と同じように手芸店へ繰り出した。千代子さん、おリュウさん、しのぶさんの三人はお喋りに花を咲かせながら布を選んでいる。だけどわたしはいまだイメージが摑めなくて気乗りせず、どの布を見てもぴんとこなかった。

第一志望の高校。わたしは直前に風邪を引いて寝込み、受験に失敗してしまった。南くんと同じ高校に通う夢は叶わなかった。第二志望の女子校に進学したものの、なんでわたしがここに、と不満がくすぶっていた。中学の制服とほとんど変わらないブレザーも気に入らなかった。二学期がはじまるころには学校に馴染んで友だちもできて、第一志望の高校に想いを馳せることもなくなったけれど。

小針先生が描いてくれたデザイン画は、ゆったりとしたシルエットの頭からかぶるプルオーバータイプのブラウスだ。小ぶりのセーラーカラーがついていて、袖は肩先を隠す程度のフレンチスリーブ。

コットン売り場の片隅に置いてある、マドラスチェックの布に眼が留まった。手を伸ばし、ロール状の生地に触れてみる。ほかのプリントコットンの規則正しく詰まった目とは違い、ゆるく織られていて、さらりとした手触りが伝わってきた。軽やかで無造作な風合い。タグを見るとインド綿と書いてある。確かに蒸し暑い国でも快適に着られそうだ。

布に触れていると、マドラスチェックのセーラーカラーブラウスを着た自分のすがたがまなうらに浮かんだ。ブラウスは夏の風を孕《はら》んでふんわりと膨らみ、セーラーカラーがぱたぱたと翼のようにはためく。どこからかただよってくる潮の香り、頭にかぶったカンカン帽、空を低く旋回するカモメ——。

「それにするの？」

背後から小針先生に声をかけられて、現実に引き戻される。

「どう思いますか」

「うん、合うと思う。真嶋さんが縫う予定のブラウスに」

その生地を購入し、手芸店の前で解散した。帰り道、道端に立つ赤いポストの前で足を止める。バッグをさぐり、はがきを取り出した。クラス会の往復はがき。切手を貼って「出席」に丸をつけているものの、出すかどうか迷ったまま数日経っていた。すでに締切の日は過ぎている。

幹事の名前を見つめる。先日卒業アルバムを見た際、顔を確認して思い出していた。クラスの中心的存在だった男の子。明るくてひょうきんで女の子に人気があった。どんな大人になったんだろう。十五歳のころの自分を思い浮かべてみる。当時持っていた服や中学の制服ではなく、これから縫う予定のマドラスチェックのブラウスを着ている。クラスの隅から、きらきらした彼らをそっと眺めている。お互い大人になったいまなら、気後れせずに話せるかもしれない。

弦一郎と出会ってからは、彼がわたしの暮らしのまんなかにいた。だけど、それ以前の人生も確かにあったのだ。ずっと忘れて顧みることもなかったけれど。

冥土《めいど》の土産、という言葉がふいに頭に浮かんだ。人生最後の思い出づくり、と言い換えてみる。たとえクラス会で厭な思いをしたり残念なできごとが起こったりしても、死ねば全部なくなるのだ。わたしは意を決してはがきを投函した。

翌週の洋裁教室で、小針先生がつくってくれた型紙を受け取ったわたしは、さっそく行き詰まってしまった。

「こんなめんどうな工程があるって知っていたら、マドラスチェックなんか選ばなかったのに」

布をテーブルに広げて嘆く。今回のパーツは前身頃、後ろ身頃、襟、バイアステープの四つだけで、一見かんたんそうだが、思わぬ落とし穴があったのだ。

「洋裁をするうえで柄合わせは避けて通れないんだから、いまのうちに勉強しましょう。柄合わせがぴたりと決まると、できあがりがぐっと素敵になるわ。真嶋さんがつくるブラウスはボタンもファスナーもないから、今回はここがいちばんの難所よ」

小針先生はそう言うが、せめて手芸店で布を買う前に教えてほしかった。

チェックやストライプや大きな柄が入っている生地の裁断をする場合、縫い合わせる部分の柄がきちんと繋がるように柄合わせをしなければならない。

「今回は脇の部分だけでそれほど目立つ場所ではないので、練習だと思ってあまり身構えずにやってみて。これが前中心や後ろ中心だと、わずかなずれでもかなり気になるんだけど」

できあがりのラインがうまく繋がるように何度も確認しながら型紙を布に並べていると、となりからおリュウさんの嘆く声が聞こえた。

「ああ、くにょくにょの布はもう使うもんかって前回反省したのに、またやっちまった」

横を見やると、明るいアイボリーの布を広げて悪戦苦闘しているおリュウさんの手もとが眼に入った。光沢があってやわらかそうな薄手の生地が、テーブルの上でドレープを描いている。

「あなたは麻や綿よりもそういう布のほうが好きなんだし似合うんだから、諦めなさいよ」と千代子さんが笑う。

どうにかチェック柄が繫がるように裁断できた。前身頃と後ろ身頃を肩線で縫い合わせて縫い代にロックミシンをかけ、接着芯を貼った裏襟と表襟を縫い合わせて表に返しアイロンでかたちを整えたところで、教室の終了時間になった。テーブルを片付けて立ち上がり、小針先生に近づく。

「あの、先生。わたし来週は用事があって。ミシンを持っていないので家で作業することもできないんですけど、どうしましょう」

「あなたのブラウスはフレンチスリーブで袖付けの作業もないし、来週休んでもそのつぎの回で完成させられると思う。来週の用事はお出かけ？」

「はい、クラス会があるんです。中学の」

「あら、タイムリーじゃない、今回の課題に。当時のことをいっぱい思い出して服づくりに活かしてね」

マンションの部屋を出てエレベーターに乗り込むと、千代子さんに話しかけられた。

「真嶋さん、このあとのご予定は？　これからわたしたち喫茶店に行くんだけど、いっしょにどう？」

おリュウさんとしのぶさんも笑顔でわたしの返事を待っている。

洋裁教室の帰りに何度か誘われたことはあったが、いまのところ毎回断っていた。エンディングドレスを完成させるまでにはまだ何か月もかかるだろう。断り続けるのも不自然だし気まずい。たまには誘いに乗ったほうが賢明かもしれない。

「じゃあ、ごいっしょさせていただきます」

少し歩いたところにある、昭和のころから営業していそうな喫茶店に向かった。カウベル形のレトロなドアチャイムを鳴らして入り、窓際のテーブルに案内される。メニュー表を眺めていると、窓ガラスがこんこんと鳴った。はたち前後の若い女の子がこっちを見てほほ笑んでいる。

「こっちこっち！　入ってきなさいよ」と女の子に気付いたおリュウさんが手招きした。

店に入ってきた女の子はおリュウさんに駆け寄り、細く筋張った首に抱きついて「グランマ！」と声を上げる。

「その子は？」としのぶさん。

「あたしの孫の舞華《まいか》」

わたしは注文をアールグレイに決めてメニュー表を置き、おリュウさんの孫娘を観察した。まるで頭上から糸で吊られているように姿勢がいい。茶色がかった長くてまっすぐな髪は頭の高い位置でひとつに束ねており、全開になっている額は丸くて前に張り出している。スキニーなジーンズに包まれた脚は細いがめりはりがあった。

「いつも祖母がお世話になっています」

舞華ちゃんがバネ仕掛けの人形のようにぺこりと頭を下げる。ポニーテールがほんものの馬のしっぽみたいに跳ねた。

「高校生？　大学生？」と千代子さんが訊ねる。

「九月からアメリカの学校に通うんです」

空いていた席に座りながら、舞華ちゃんが答えた。最近の流行とは違う弓なりの眉におリュウさんの面影がある。黒いアイラインをくっきりと引いている眼は切れ長で、おリュウさんもいまは加齢で目尻が下がっているけれど若いころはこんな眼差しだったのだろうかと想像した。

「まあ、なにを勉強するの？」

「バレエを。うちは踊り子家系なんです。ママはアルゼンチンタンゴのダンサーで」

「バレリーナなの！　素敵！　だからそんなに姿勢がきれいでほっそりとしている

のね」

「アメリカのどこ？」

「ニューヨークです」

「いいわねえ。わたしも死ぬ前に一回ぐらいは行ってみたい」

質問攻めにする千代子さんとしのぶさんと、潑剌とした笑みを浮かべてそれに答える舞華ちゃんを見ているうちに、胸に黒い雲が広がっていった。まっさらな未来が待っている若い女の子と、死ぬ準備を進めている自分。

舞華ちゃんから眼を逸らし、「注文いいですか？」と店員を呼んだ。

注文した飲みものがテーブルに来たころ、またもやこんこんと窓ガラスを叩く音がした。今度は品のよいおじいさんがにっこりと笑んでこっちを見ている。

しのぶさんの顔がぱっと華やいだ。「そんなところで見ていないで、いらっしゃいな」とおじいさんを呼ぶ。「しのぶさんの旦那さんだよ」ととなりのおリュウさんが教えてくれた。しのぶさんの横に座っていた千代子さんは立ち上がってひとつ席をずれる。

しのぶさんの夫はぱりっとした白い麻のスーツに開襟シャツを合わせ、籐のステッキを持っていた。パナマ帽を脱ぐと、櫛目の通った清潔そうな白髪があらわれる。

「わたしは紅茶だけど、あなたはコーヒーのほうがいいでしょ。なかなかおいしいのよ、ここのエスプレッソ。おなかは空いてない？　あなたの好きそうなホットサンドもあるんだけど」

メニュー表を広げ、顔を寄せてこそこそと喋っているようすは、長年連れ添った夫婦というよりもつきあいたての恋人同士のようだ。

「素敵だろ、しのぶさんの旦那さん。お似合いのカップルだ」とおリュウさんに囁《ささや》かれ、頷《うなず》く。

――わたしだって、弦一郎といっしょに老いて仲の良い老夫婦になりたかった。

「すみません。わたしそろそろつぎの用事が」

これ以上見ていたくなかったからアールグレイを飲み干して立ち上がり、バッグを抱えてレジへ向かった。

クラス会は幹事が経営しているというスペインバルを借り切っておこなわれた。受付で名札をもらって胸につける。「篠原さん？　わたし林《はやし》だけど、憶えてる？」と受付の女性が名簿から顔を上げて笑いかけてきた。「林……ミキティ？」ずっと存在を忘れていたのに、あだ名がすっと出てきた。パンツスーツを着て長く艶のある髪を片側に流した女性に、制服におかっぱの垢抜《あかぬ》けない女の子が重なる。

「きゃー、しのっぺ！」

頬を上気させて駆け寄ってくるのは、野口加奈——かなやんだ。

「かなやん！　久しぶりー」

抱きつかれて息が詰まる。

「しのっぺ、変わんないね！」

「かなやんも——いや、別人みたいにきれいになってる」

緊張がほぐれたわたしは周囲を見まわした。見知らぬ大人の男女がシックな内装の店内で、いくつもグループをつくって談笑している。よく見るとその一人ひとりに見憶えがあって、ずっと忘れていた名前やできごとがぐんぐん甦ってくる。

「矢崎《やざき》くんすごいね。この店のオーナーシェフなんでしょ？」と少し昂奮した声が出た。

「わたし、近くで働いてるから会社の呑み会でよくここを使ってたんだけど、矢崎くんのお店だなんて知らなかった」

「ほんと、みんな大人になっちゃって」

「そのワンピース、かわいいね。すごく似合ってる」

今日着ているのは、先月の洋裁教室でつくったリバティプリントのワンピースだ。カジュアルすぎるかなと悩んだのだが、もうクローゼットにろくな服が残っていないのでこれにした。

グラスを持っているかなやんの左手の薬指に、銀色の指輪が光っていることに気付く。

「かなやん、結婚してるの？」

「うふふ。じつは三回め」

ええっ！　と大きな声が出た。中学三年間ひとりの男の子に片想いしていたかなやんが、バツ二で三回めの結婚をしているなんて。

「子どもは最初の旦那とのあいだに男の子がひとり、二番めの旦那とのあいだに女の子がひとりいて、現在も妊娠中。ほら、だからオレンジジュースなの。ほんとはお酒大好きなんだけど」

くらくらしてきた。色のきれいなウェルカムドリンクのカクテルを受け取って一気に呑み干す。

「しのっぺは？」

「ずっと独身。彼氏もしばらくなし」

クラス会の案内状は旧姓で届いていた。中学の同級生はだれも弦一郎のことを知らないだろうから、独身という設定にしようと決めていた。

「そっかあ。ひとそれぞれだよね」

三十二歳。働き盛り、婚活や妊活、子育て。人生のまっただなかにいる年ごろだから、ひとによって状況はまちまちだろう。とはいえ、夫の闘病と死別を経験したのはわたしひとりだろうなと胸の奥で思った。

「かなやん、三年間好きだった男の子に卒業式に告白しようって決めて、でも結局できなかったぐらい奥手だったのに」

「ああ、田口《たぐち》くんね！　懐かしい。今日は来てないみたい。会いたかったのに残念」

「ねえ、南くんは？　来てるのかな。ほら、わたしが好きだったバスケ部の南くん」

南くんという名前を口にすると、まるで十五歳のころに戻ったみたいに胸がどきどきした。だが、かなやんの顔色がさっと変わったのを見て、厭な予感に襲われる。

「しのっぺ、知らないの？」

「なにを？」

「南くん、高校に入る前の春休みに、交通事故で亡くなったんだよ」

――亡くなった？

「連絡網でまわってきてお葬式に行ったけど……そっか、しのっぺは来なかったもんね」

高校に入る前の春休み――そうだ、入学祝いとして家族でオーストラリアへ旅行したはずだ。それで連絡網の電話を取れなかったのだろうか。

「亡くなってたなんて……。大人になった南くんに会えるかもって期待してたのに……」

「十五歳で亡くなって大人になれなかったって、残酷だよね」

しばらくふたりで黙り込んだ。背を伸ばしたくていつも牛乳を飲んでいた南くん。成長が遅いだけで高校に入ればぐんぐん伸びると思っていたのに、十五歳のちいさな男の子のまま死んでしまったのか。

「篠原さんと野口さん？」

話しかけられて振り向くと、ベリーショートの女性が笑顔でこっちを見ていた。

「ええと……」名札に視線を向ける。「えっ、桜庭《さくらば》さん？　ぜんっぜんイメージが違う！」

「あのころは髪がすごく長くて腰まであったよね？　別人みたいだけど、短いのも似合ってる」

「ありがと。でもこれ、ファッションで短くしたんじゃなくて、治療の名残なんだ」

「治療？」馴染み深い言葉に心臓がぎしりと軋む。「化学療法……とか？」一瞬、嗅ぎ慣れた病院のにおいが鼻の奥で甦った気がした。

「そう。乳がんでね。といってもいまのところ転移はないし経過は順調だけど」

桜庭さんはほかのひとに呼ばれ、わたしたちから離れた。

「……みんないろいろあるんだね」

凡庸すぎる感想が口から洩れる。

「ほんとにね」とかなやんがしみじみとした声で同意する。

三回結婚してそれぞれ父親の違う子を産むかなやん。十五歳のときに交通事故で突然命を絶たれた南くん。病を乗り越えようとしている桜庭さん。

わたしだけ特殊で、わたしだけ不幸。ずっと、そう思っていた気がする。むかしの知り合いから遠ざかっていたのだって、どうせわたしたちの事情はだれにも理解できないという驕《おご》りじみた意識があったからじゃないか。

わたしは元クラスメイトたちを眺めた。間接照明の淡いひかりに照らされてできた影が、急に濃く見えてくる。

妊婦のかなやんが一次会で帰ると言うので、わたしもいっしょに抜けることにした。

「ねえ、しのっぺ」

駅のホームで電車を待っていると、それまでとは違う声音で話しかけられた。

「なあに」

声が自然と甘くなった。アルコールで頭もからだもふわふわしている。こんな心地、久しぶりだ。

「ごめん、わたし、しのっぺの旦那さんのこと、聞いてるの」

「え」眼に映る風景が一瞬で色を失った。

「うちのお母さん、しのっぺのお母さんとずっと交流があって。それで聞いてたの。しのっぺが大学を卒業してすぐに結婚したことも。旦那さんが……その、亡くなったことも」

ごおおお、と音を立てて電車がホームに入ってきた。風で髪が舞う。乗る予定の電車なのに、わたしのからだは硬直して動かなかった。電車はひとを吐き出して新たな客を乗せ、また走り出す。わたしたちをホームに残して。

「……知ってたの？」

ようやく訊ねたわたしの声はかすれていた。

「ずっと気になってた、しのっぺのこと。今日だって、しのっぺに会えるかもしれないって思って参加したんだ。ねえ、話したいこととかあったらいつでも連絡ちょうだいね。せっかくこうやって再会できたんだし。つぎ会うのがまた十七年後とか、そんなのは厭だよ」

わたしは言葉を失い、自分の靴のつまさきを見つめる。「……うん」と絞り出すように答えると、あのころよりも逞《たくま》しくなったかなやんの腕が伸びて、やわらかなからだに抱きしめられた。頬をくすぐるふわふわとした髪、ほのかに香るミルクのようなにおい。お母さんだもんな、かなわない、と思いながらわたしもかなやんの背に手をまわす。


たった一週休んだだけなのに、洋裁教室に来るのはずいぶん久しぶりに感じた。来週からは新たな課題に取り組むので、それぞれラストスパートでミシンのフットコントローラーを踏んでいる。わたしは生地を斜めに細長く切ったバイアステープを使って、襟と身頃の縫い代を包むようにして縫っていく。

クラス会に出席してからの一週間、頭のなかが混線状態で気持ちのアップダウンが激しく、ろくに眠れない日々が続いていた。この洋裁教室以外はほとんど家を出ない、ひとに会わない生活をしていたのに、いっぺんに多くのひとと会ったのだから、無理もない。

だけど、こうしてミシンに向かっていると、ぐちゃぐちゃに絡まっていた気持ちがほどけていく。自動糸調子機能のついたコンピュータミシンの縫い目と同じように、まっすぐになっていく。

脇線を縫い合わせる。裾のスリットとフレンチスリーブの袖口を三つ折りにして、ステッチをかける。最後に裾も三つ折りにして縫うと、セーラーカラーのブラウスが完成した。

マグカップを持って立ち上がり、部屋の隅にある棚から紅茶のティーバッグを取り出して、ポットのお湯を注ぐ。教室ではいつでも自由に紅茶を飲めるようになっていた。さらに今日はしのぶさんが焼いてきたというシナモン風味のクッキーもある。そのクッキーも一枚もらって席に戻った。

熱い紅茶を啜り、クッキーを囓る。がりっとした歯触りがいかにも手づくりっぽくていい。シナモンのスパイシーな香りが鼻に抜ける。きび砂糖か三温糖を使っているらしく、甘みにこくがあった。自分で縫ったブラウスを手に取って眺めていると、ほかのメンバーもできあがったようだ。

「じゃあ、お披露目タイムにしましょう」

小針先生の指名で最初に小部屋に入って着替えたのは、千代子さんだった。いや、着替えたと言っていいのかどうか。彼女が縫ったのは帽子だった。

ワインレッドのビロードでできたつばのない円筒状で、レースのネットがついている。エレガントでフォーマルな雰囲気の帽子だ。正面からだとシンプルなかたちだが、上から見ると布が幾重にも重なってバラの花のような模様をつくっている。

「わたしが十五歳だったのは、戦時色が濃くなりつつあるころ。そう、ちょうどぜいたく禁止令が発令された年ね。『ぜいたくは敵だ！』って書かれた看板がまちのあちこちに立って、高価な服や靴や宝石をつくったり売ったりすることが禁止されたわ」

「おお、厭だね。好きな服も着られないなんて」とおリュウさんが身震いする。

「ちいさいころ、うちのとなりには外国人の一家が住んでいたの。奥さんはいつも素敵な服装をしていてね。とくに頭にちょこんと載った帽子はとびきりお洒落で憧れたわ。だけど戦争がはじまって、その家族は逃げるようにどこかへ行ってしまった。ぜいたくが禁止されたとき、わたしが思い浮かべたのはあの帽子だった。ゆたかさ、憧れ、自由――そういうものが詰まった帽子だったのよ」

つぎに着替えたのはおリュウさんだ。自信に満ちた顔つきで小部屋から出てきたおリュウさんを目《ま》の当たりにして、度肝《どぎも》を抜かれた。

明るいアイボリーのドレスは、ホルターネックで胸もとが大きく開いていた。ゆったりとしたドレープを描いて乳房を包んでいる。その下はタイトに絞り込まれ、やわらかな生地がふんわりと広がるスカートへと続いていた。肩や腕、背があらわになっているが、年齢のわりに引き締まった筋肉質のからだは案外ドレスと調和している。堂々としているおリュウさんを見ていると、セーラーカラーなんて年齢的に厳しいんじゃないかと躊躇していた自分が間抜けに思えてきた。

「わかったわ。マリリン・モンローでしょ？」としのぶさんが手を叩きながら言う。

「当たり！　あたしが十五歳のときに、マリリン・モンローの『七年目の浮気』が公開されたんだ。といっても当時は映画館もないような田舎に住んでいたから、観ることはできなかったけどさ。でも、あの有名な、白いドレスがまくれ上がる場面はテレビや雑誌で目にする機会があった。ちょうどその前の年にマリリンは当時の旦那と来日してて、そのかわいらしさと色っぽさに夢中になったもんだよ」

「もうエンディングドレスはこれでいいんじゃない？」

「いや、エンディングドレスはもっとすごいのを縫うよ。棺桶を覗き込んだひとがみんな腰を抜かすようなドレスをさ」

つぎはわたしの番だった。小部屋に入り、インド綿でできたマドラスチェックのセーラーカラーブラウスに腕を通す。しゃりっとした生地が肌を撫で、風がブラウスのなかをすり抜ける。ああ、もうすぐ夏が来るんだと感じた。

「あら、爽やかでいいじゃない」

「入りたかった高校の制服をイメージしてつくりました。受験に失敗して、その制服は着られなかったんですけど」

最後にしのぶさんが木製の小部屋へ向かった。出てきた彼女が穿いていたのは、ごくごくシンプルな紺色のスカートだった。すとんと四角いかたちで、丈は膝が隠れる程度。

「ずいぶん普通だねえ」とおリュウさんが不満げな声を洩らす。

「母が穿いていたスカートを意識したんです」

「なるほど、お母さんのスカートか」

「みなさんがつくったのは結局着られなかった憧れの服だけど、わたしの場合はずいぶん時間が経ってから穿くことができたわ。そうね……四十年以上かかったけど」

「四十年？　普通のスカートを穿くのになんでそんなにかかったのさ」

「だってわたしは……わたしはずっと男だったから」

うつむいて消え入るような声でそう言ったしのぶさんは、どこからどう見ても上品なおばあさんだ。

「……男？」だれかが怪訝《けげん》そうに呟く。

顔を上げたしのぶさんは、思いきって発言して吹っ切れたのか晴れやかな顔に変わっていた。

「年を取ることの利点は、性別があやふやになることね。よくいるでしょう？　おじいさんみたいなおばあさんや、おばあさんみたいなおじいさん。そりゃあ温泉には入れないけれど、普段生活しているうえで男じゃないかと見咎められることはほとんどないもの」

✂

母が化粧をするのを後ろから眺めるのが好きだった。戦争が終わって四、五年しか経っていなかったから、ろくに化粧品はなかったし、服だって粗末なものだったけれど。家にだれもいないときに、こっそり口紅を拝借して引いてみたこともあった。まちを歩いている進駐軍の婦人部隊の、異国の風を感じる華やかで最先端のファッションにも憧れたわ。

どうして女性のファッションにばかり惹きつけられるのか、自分でもわからなかった。与えられる男の子用のシャツやズボンにはまったく興味を持てなかった。ファッションにまつわる仕事に就くことも考えたけれど、わたしは長男で家業の建築会社を継がなければいけなかったから、夢はただの夢だとはじめから諦めていた。

二十二歳で取引先のお嬢さんとお見合い結婚して、翌年には娘が生まれて、そのつぎの年には息子が生まれて。なにもかも順調に思えた。景気に乗って会社はどんどん大きくなっていた。ほら、いざなぎ景気ってあったでしょ？　東京オリンピックのあとね。三十代に入ったばかりで仕事が面白くなっていたわたしは、会社経営にのめり込んだわ。若いころは作業着で現場を飛びまわっていたけど、そのうちオーダースーツを着て会議室で過ごす時間が長くなった。しがないまちの工務店だった会社は、名だたる企業と肩を並べるほどにまで成長した。そのころには女性のファッションに憧れた少年時代を思い出すこともなくなっていたわ。

ちいさな浮き沈みはあったけれど、それでも大局的に見れば右肩上がりでずっと続いていくんだろう、そう思っていた。――でもね、すべてはまやかしだったのよ。

風向きが変わったことに気付いたときにはすでに手遅れだった。買い集めていた株や土地は金塊から石に変わってしまった。バブル崩壊ね。取引先もどんどん倒産していき、連鎖は止められそうにない。

わたしはそのとき還暦近く。肉体的にも衰えを感じていたし、すっかり弱気になって、家庭のあたたかさにすがろうとしたの。でももう遅かったのよね。娘は学生のうちにさっさと子どもをつくって結婚して家を出て、息子は家業を継ぐことに反発して海外に行ってしまって。だけど妻はもういちどやり直しましょうと言ってくれた。

そんなとき、いまの主人――もちろん法的には夫婦ではないんだけど、とにかく彼に囁かれたの。いっしょに逃げないか、って。銀行の融資担当だった彼も厳しい状況に置かれていた。うちへの融資は本来なら審査を通らない基準だったのに、正式な手続きをせずにまわしてもらっていたから。それなのに貸出金が焦げついてしまって、彼は銀行内で追いつめられていた。

彼に甘い言葉で誘惑されたとき、わたしはシャボン玉が弾けるようにそれまでまとっていた鎧《よろい》が砕けて、ほんとうの自分が剝き出しになるのを感じたの。そして悟ったわ。

ずっと自分を騙していたこと。演じていたこと。家庭を顧みず仕事に邁進したのも、どんな男よりも男らしくあろうとしたから。男らしさの呪縛に囚われていたのね。ほんとうのわたしは、スカートや化粧が好きで料理や洋裁を愉しみ、愛するひととゆたかな時間を過ごす暮らしを望むような人間だったのに。

妻も自分の会社の従業員もなにもかも捨てて、わたしたちは駆け落ちしたわ。会社はわたしがいなくなってすぐに倒産した。妻がどうなったのかは知らない。いまでも従業員や妻に責められる夢にうなされることがある。

いまのわたしはとってもしあわせ。でもそれは、たくさんの身近なひとを裏切って傷つけた上に成り立っているのよね。

♕

セーラーカラーのブラウスを着たまま帰宅した。靴を脱ぐ前に、玄関ドアの内側に貼ってある緊急連絡先の紙にペンを走らせる。かなやんの名前と電話番号。弾みで、肩にかけていたバッグが落ち、なかから封筒が滑り出た。洋裁教室の帰り際に小針先生から配られた封筒だ。屈んで拾い上げ、その場で指を使って封を切る。いつもと同じように一枚の一筆箋が入っていた。

　思い出の服をリメイクしましょう。

　いままでは一筆箋にお香やコロンのいい香りがつけてあったのに、今回は樟脳《しょうのう》のような黴《かび》くさいにおいがつんと鼻を刺激した。

「思い出の服、かあ」

　独りごとが洩れる。部屋に入り、クローゼットを開けてみた。大半を処分したのでほんのわずかの普段着しか入っていない。

　――いや、ある。捨てたいのに捨てられなかった服が。自分への戒《いまし》めのために残しておこうと決めた服が。思い出という言葉の甘やかな響きとは相容《あいい》れない、身を引き裂くような後悔が染みついた服。わたしはスカートハンガーにかかっているその服に手を伸ばしかけるが、呼吸が苦しくなって座り込んだ。膝を抱え、睨《にら》むようにスカートを見上げる。

第四章

思い出の服をリメイクしましょう

浴槽で手首を切って流れ出た血が、お湯のなかで渦《うず》を巻くさまを想像してみる。あるいは高層ビルから飛び降りて地面に飛び散る鮮血を。どちらも候補からは外している手法ではあるものの、ある日突発的におこなってしまう可能性は充分にある。

心臓が鼓動を止めたわたしのからだから流れていく、真っ赤な血。

あのマキシ丈スカートは、血そっくりの色をしている。

水族館にいた。

巨大な水槽のなかを色とりどりの魚たちが泳いでいる。鮮やかな尾をひらめかせる熱帯魚、悠々と泳ぐマンタ、マイペースに水底をつつくエビの仲間、水槽の上から射し込むひかり、となりには弦一郎。熱心に水槽に見入っている彼と手を繋ごうと左手を伸ばしかけて、自分の手が赤く汚れていることに気付く。とっさに穿いているスカートでぬぐうが、手はさらに真っ赤に染まった。

え、と驚いてスカートをよく見ると、布でできているはずの赤いスカートはどろりとゲル状に溶け出していた。

弦一郎の視界から逃げるように、彼の左側にさりげなく移動する。

「麻緒？　どうかした？」

「ううん、なんでもない」

笑顔で取り繕《つくろ》うが、スカートは赤いしずくを床に垂らしている。下腹がずきずきと痛み出した。

気付かれませんように、と祈るが、正面の水槽の水にも赤い色が混じりはじめる。

「あれなに？」とほかの客がざわつきだした。みるみるうちに水槽は青と赤のマーブル模様になっていく。弦一郎が怪訝そうな面持ちになって水槽に近づいた、そのとき、ガラスがぱしんと音を立てて割れた。大量の血があふれ出て、わたしと弦一郎を呑み込もうとする――。

つめたい汗をかいて飛び起きた。とっさに下腹部に手を置くが、痛みはなかった。ため息を吐き、枕に顔を埋める。

何度も見た夢だった。場所や状況などのシチュエーションはそのつど違うけれど、赤いスカートが血に変わるところはいつも同じだ。

今朝の夢のなかの弦一郎は左側の視野が欠けていた。ということは、二回めの手術のあとということなのだろう。再発は結婚直前にわかり、結婚式の予定を白紙にして手術を受けた。後遺症である視野の欠損が判明してしばらくは、弦一郎の左側を歩くことで彼の眼の一部になろうと心がけていたが、ある日、「左に立たれると麻緒が見えなくて、足を蹴ったり踏んだりしちゃうから」と言われてやめた。――そんな気遣い、必要なかったのに。病人らしくわがままになってくれればよかったのに。

弦一郎が最初の手術をしたのは高校三年生の冬、わたしと出会う前のこと。弦一郎は三十五年の生涯で四回の手術をした。いずれも脳にできた腫瘍を摘出する手術だ。グリオーマ。それが弦一郎の頭に巣くう「爆弾」の名前だった。取っても取ってもしつこく再発し、やがて脳の奥へと染み込んでいった。

立ち上がって窓辺へ向かう。カーテンを開けた。午前四時ごろだろうか、まだ薄暗い。ベランダで放置されている複数の植木鉢が眼に留まった。弦一郎が育てていた朝顔だ。どれも茶色く枯れた蔓が支柱にかろうじて絡まっている。片付けなければと思いつつ、長いこと放置している。

弦一郎は大学院を出たあと植物の研究機関に就職し、研究員として野菜の品種改良などに携わっていた。

マンションのベランダでやっていた朝顔の交配は、仕事ではなく趣味だ。花が開く前日の夕方、蕾《つぼみ》に剃刀で切り込みを入れ、おしべをピンセットで取り除き、翌日の早朝、べつの株から採取した花粉をめしべにつける。できた種を採取して翌年蒔き、うまくいくと両親とは違う花が咲くようになる。毎年毎年それを繰り返し、欲しい色や模様の花が安定して咲く株ができるまで根気強く続けるのだ。

「時間が足りないな」

ある朝、弦一郎は嘆息とともに独りごとを洩らした。洗濯ものを干すためベランダに出ていたわたしは、どきりとして彼の横顔を窺《うかが》った。ちょうど放射線治療を終えたばかりで、放射線を当てていた側頭部の一部の髪が抜け落ちていた。赤くかぶれた地肌が痛々しい。

「ああ、違う。朝顔のこと」とわたしの視線に気付いた弦一郎はごまかすように笑って朝顔の鉢を指差す。「思いどおりの色に固定するまであと何世代もかかるから」

弦一郎が言葉を取り繕えば取り繕うほど、彼の命に対する焦燥が伝わってきて胸が痛んだ。

「一年に一歩ずつしか進めないもんね」とわざとのんびりとした声で言い、ぱんっと大きな音を立ててバスタオルを広げて物干し竿にかけた。

「朝顔は一年草で世代交代が早いからすぐに結果が出るほうだけど、ほら、こっちのバオバブなんか」

弦一郎はベランダのいちばん陽射しが当たる場所に置いてある鉢を指した。根もとに瘤《こぶ》がある、二十センチほどの木だ。観葉植物を売っている店で見かけるガジュマルに似ている。

「バオバブって『星の王子さま』に出てくるやつだよね」

「そう。あの童話のなかでは、バオバブは惑星を破裂させてしまうから苗木のうちに引っこ抜かなきゃいけない害悪として描かれてるけど、実際はアフリカで食料や薬として古来から重宝されてきたらしい」

弦一郎がこんなに饒舌《じょうぜつ》なのは、このころでは珍しかった。三回めの手術のあと、めっきり口数が少なくなり、からだの一部に麻痺も出て動作が鈍くなっていた。脳の切除した部分が言語や運動を司る場所に及んでいたためだ。脳腫瘍の進行を食い止め再発を防ぐには、可能な限り腫瘍を手術で取る必要がある。だが、それは肉体の自由を失ってできないことが増えていくのと表裏一体だ。一日でも長く生きるために徹底的に闘うことを選ぶか、限られた時間を少しでもゆたかに過ごすことに費やすか。何度も厳しい選択を強いられた。

「食料？　この瘤のところを食べるの？」

「いや、大きくなると果実がなるんだ。これは種から育てた十年ものだから、まだ実はつかないけど」

「十年？　そんなに前から育ててたんだ」

「木にとって十年なんか一瞬だよ。サバンナに自生するバオバブには、樹齢数千年のものもあるからね」

「数千年！　すごいね、人間の歴史なんかぜんぜんかなわないね」

「ほんとうはこの木が巨木になるところまで見たいんだけど、それだとせめて寿命が千年は必要だから難しいな」

弦一郎はバオバブの緑色の葉を弄《いじ》りながら乾いた笑いを洩らす。たまらなくなったわたしは弦一郎の丸まった背に無言で抱きついた。浮き上がった背骨のラインをTシャツごしに感じる。わたしよりも高い体温。

「……麻緒」

「ん」

「バオバブにはなれなくても、せめて朝顔みたいに、短い一生なりにつぎに命を繋ぎたいと僕は思ってる」

「……うん。子ども、つくろうね」

彼のTシャツの背がわたしの涙で濡れていく。透明な朝の陽射しがベランダを照らしている。


——だけど結局、わたしたちのあいだに子どもが生まれることはなかった。

わたしが犯した罪。わたしが受けた罰。

窓から離れてクローゼットへ向かった。扉を開ける。次回の洋裁教室の課題は『思い出の服をリメイクしましょう』。良い思い出とも悪い思い出とも指定されていない。真っ赤なマキシ丈スカートを手に取る。わずかに起毛したウールのあたたかな手触り。いま着るには季節外れだろう。

最近のわたしは浮かれている。ミシンで布を縫うのが愉しくなってきた。ただの布がわたしの手によって洋服へとすがたを変えていくことに達成感を覚えている。おばあさんトリオとも打ち解けてきた。死ぬ準備の一環として通いはじめたのに、死から遠ざかってしまっている気がする。

記憶の封印を解いて、自分を奈落の底へ突き落とさなければいけない。そうでないと赦《ゆる》されない。

わたしはスカートを畳み、洋裁教室へ持っていくバッグに入れた。


洋裁教室の部屋に入るとすでにわたし以外の生徒は揃っていて、おリュウさんが持参した服を広げてはしゃいでいた。

「これ、ダンスの衣裳でしょう?」としのぶさんの弾んだ声に惹かれて、横目で窺う。スパンコールがこれでもかと縫いつけられた金色のドレスだ。

「そうだよ。眼が潰れそうなほど眩しいだろ?」

「リメイクではさみを入れるのがもったいないわ」

「いいんだ。いまのあたしはもう着ることなんかないんだからさ」

小針先生が部屋に来て、いつものようにひとりずつ部屋の隅にある告解室のような小部屋に呼ばれる。わたしはいちばん最後に名前を呼ばれた。小部屋に入り、スカートをバッグから取り出して広げる。

「きれいな色のスカートね。どんな思い出があるのかしら」

小針先生はスカートの生地を撫でながら訊ねてきた。

「……ごめんなさい。説明はしなくてもいいですか」

「その表情からすると、いい思い出ではなさそうね」

「はい。ほんとうは見ているのもつらいんです。この真っ赤な色も嫌いで」

「それなら思いっきり変えてしまったほうがいいんじゃない？　違う色に染めてみるとか」

「染められるんですか？　こんな濃い色」

草木染めや紅茶染めなどは白い布に施すものではないのか。すでにこんな濃い色に染まっている生地を、ほかの色に変えることなんてできるんだろうか。黒く塗り潰すことなら可能だろうけど、それはそれで喪服を連想させられる。

「青の染料を使えば紫にできるし、緑の染料を使えば茶色になるわ。かたちもスカートから違うものに変えてみない？　長くて生地がたっぷりあるから、ワンピースやジャンパースカートにするのはどう？」

「そんな大改造ができるんですか？」

「Aラインでノースリーブのすとんとしたかたちなら足りるはず。ワンピースは前につくったから、今回はジャンパースカートにしましょうか。冬っぽい素材だし、ニットの上に重ね着するようなイメージのものを」

「じゃあ、それでお願いします」

考えるのが億劫で、わたしは先生の提案をまるごと受け入れることにした。

「今回はウールだし裏地つきにチャレンジしてみましょう」

このスカートが色もすがたも変えるのだと思うと、少しだけ気分が軽くなった。だがすぐに、そう感じたことへの罪悪感に苛《さいな》まれる。もっともっと、後悔しなきゃいけないのに。

面談のあとは手芸店に行き、青の染料とキュプラという名の薄く光沢のある裏地用生地を購入した。スカートを染めるところまでは家でやってくるようにと小針先生に宿題を与えられる。

おばあさんトリオと別れてひとりでの帰り道、保育園児を六人乗せた幼児用カートとすれ違った。揃いの黄色い帽子をかぶった子どもたちはきゃあきゃあと高い笑い声を上げ、カートの前後についたふたりの保育士がやわらかい声音で話しかけている。ほほ笑ましい光景だと頭では思うものの、呼吸が苦しくなった。

化学療法と放射線治療により精巣機能が低下する可能性が高いので、弦一郎は医師に勧められて治療前に精子の凍結保存をしていた。だが、それを使うことはなかった。治療を終えて半年が過ぎ、そろそろ妊娠に向けて人工授精について調べようとしていた矢先に、わたしの妊娠が判明したのだ。

弦一郎は喜んでくれた。このひと、こんなに感情をあらわにすることがあるんだと内心驚いたぐらいに。

「……せめてこの子の記憶に残るまで生きないと。小学校に入るぐらいまでは」

わたしを抱きしめたまま、弦一郎は涙で湿った声で呟いた。

「そんな目標ちっちゃすぎる。子どもが成人するまでにしようよ」

「……ん。わかった」

弦一郎の手がまだ膨らんでいないわたしのおなかに伸びて、尊いものに触れるように撫でた。

帰宅して水を飲み、ひと休みすると、さっそく購入した染料を取り出して作業をはじめた。説明書きを読んで染料をお湯で溶く。持っているなかでいちばん大きな鍋に水を張り、溶かした染料と色むら防止液を入れる。赤いスカートを水道水で湿らせてから絞り、鍋に押し込んだ。

菜箸でかき混ぜると、水が濃い青に変わりスカートの色合いが変わっていく。独特のにおいが広がる台所で、わたしの意識はまた過去をさまよう。

　あの電話がかかってきたのは、二回めの診察の帰り道だった。胎嚢がおぼろげに写っているエコー写真の入ったバッグを宝物のように抱えて、転ばぬよう足もとを注視しながら歩いているとき、バッグのなかのスマホが鳴った。弦一郎だ、ととっさに思い、心臓が大きく跳ねた。その日、彼は退院後も定期的におこなっているMRI検査のため病院へ行っていた。検診には毎回わたしも立ち会っていたけれど、この日は自分の通院を優先したのだ。厭な予感がこみ上げて、震える手でスマホを取り出す。

「再発だってさ」

　電話が繋がるなり、弦一郎は息のかたまりを吐き出すように言った。

「そんな……。前回の手術で取りきれなかったぶんが成長したの？」

「いや、今回は違う場所らしい」

　タクシーを拾って弦一郎のいる病院へ急ぎ、医師から説明を聞いた。

　今回の腫瘍のグレードはおそらく四。グレード四のグリオーマの五年生存率は八パーセント以下。生存期間中央値は一年程度。今回もできる限り腫瘍を取り去る方向で手術したいが、場所の関係でごく一部しか取ることができないであろうこと。

話を聞き終わって廊下に出たとたん、下腹部がぎゅっと絞られるような痛みに襲われ、白い壁に手をついてしゃがんだ。「麻緒?」弦一郎の声がはるか遠くから聞こえる。生理の重い日のようにどろりと血が流れる感覚があった。よろめきながらトイレに駆け込み、便座に腰を下ろすと、血のかたまりが滑り落ちた。

痛みに歯を食いしばり呻き声を洩らしながら血を流し続け、ここの病院には産婦人科もあったはず、と考える。スマホに何度か弦一郎からの着信があったけれど、出られなかった。意識がもうろうとしてきたころ、ぶよぶよしたひときわ大きなかたまりが出た。——ああ、これが、と悟《さと》った。

さっきまでわたしの胎内に息づいていた命だと思うと流すこともできず、かといって便器に手を突っ込んで掬い上げる勇気も出ない。となりの個室の電子流水音がやけにうるさく耳に響いた。トイレットペーパーを取ろうと手を伸ばすと、無造作に床に置いたバッグが倒れ、サプリのボトルが転がり出た。妊婦には必須だと教えられて数日前に購入した、葉酸のサプリだった。

子宮はすでに空っぽです、手術もいらないでしょうと産婦人科で言われ、子宮を収縮させる薬を処方されて帰宅した。ベッドに横になりながらスマホで調べたところ、早期流産の原因の多くは染色体異常で、受精の段階で流産が決定づけられている場合が多いという。流産してしまうと自分のせいだと気落ちしてしまいがちですが、受精卵の自然淘汰《とうた》なので自分を責めすぎないでください、と母親を慰めるように書いてあった。

だとすると前回の抗がん剤の作用が抜けきっていなくて受精卵に影響したんじゃないかと推測したが、その理由は弦一郎を苦しませるだろうと思い、自分の考えを打ち消した。

スマホを投げて布団を頭まで引き上げる。弦一郎の望みを叶えられなくて悔しい反面、これでよかったんだとほっとする気持ちもあった。これからまた手術や治療を受ける弦一郎を支えなければいけないのに、妊娠出産なんて大仕事、こなせるわけがない。そう自分に言い聞かせていた。

小針先生にドアを開けてもらって玄関に入ると、奥から甲高《かんだか》い子どもの声が聞こえた。「えっ?」と先生の顔を窺うと、笑みを返される。

「今日は飛び入り参加でかわいい生徒さんが来てるの」

腑に落ちないまま靴からスリッパに履き替え、廊下を進んで正面の部屋に入ると、千代子さんの膝に乗っている男の子と眼が合った。

「お孫さんですか？」

「いえ、曾孫《ひまご》なの。ピアノのお稽古に行きたくないってぐずっていたから、『大ばあばも洋裁のお稽古をしているのよ、愉しいわよ』って言ったら、いっしょに行きたいって騒ぎ出して」

「陸斗《りくと》くん、縫いものはしたことある？」

「あ、針は危ないから触るんじゃないよ」

しのぶさんとおリュウさんもまなじりを下げて男の子をかまっている。子どもを産んだことのないわたしは同じテンションになることができず、居心地の悪さを感じたが、腰を屈めて視線を合わせて「何歳？」と訊いてみる。

「七歳！」と陸斗くんは元気よく答えた。

流産した子が無事に産まれていたら何歳だろうか。ふと数えかけてやめる。

そこに小針先生が入ってきて、生徒一人ひとりに合わせて用意した型紙を配った。

「どう？　染色は巧くいった？」

そう話しかけられ、わたしはバッグからスカートを出す。

「きれいな葡萄《ぶどう》色に染まったじゃない」

血の色だったスカートは赤みがかった濃くて深い紫色に変わっていた。はじめてにしてはむらもなく染まり、われながら上出来だと思う。

「真嶋さんはまず全部ほどきましょう」

リッパーで糸を切り、布地を傷つけないよう気をつけながら目打ちでひと目ずつ拾ってほどいていく。縫い損じた部分をほどくだけならそれほど手間でもないが、スカート一着ぶんだとけっこう根気を要する作業だ。

「陸斗くんはハンカチをつくりましょう。さあ、どの布がいい？」

小針先生は手持ちぶさたでぐずっていた陸斗くんの前に、はぎれを並べた。

「このお星さまのがいい！　あっ、やっぱりこっちのパンダの！」

いつもはミシンの音だけが静寂を乱している洋裁教室に子どもの明るい声が響き、それぞれの作業をしている大人たちの頬には微笑が浮かんでいる。窓から射し込む昼下がりの陽光まで普段より明るく感じる。

わたしは縫い目をすべてほどくと、スカートだった布にアイロンをかけてまっすぐに伸ばした。型紙をまち針で固定して転写紙で印をつけ、裁ちばさみで切っていく。裏地用のキュプラも同様に型紙に合わせて裁断した。

斜め前では陸斗くんが千代子さんに教わりながら、手でなみ縫いをしていた。眉間にしわを寄せた年齢に合わない真面目な面持ちで、銀色の針を光らせながらぷっくりとしたちいさな手を動かしている。ちくちく、うねうね、がたがた。拙《つたな》い縫い目は胸がきゅんと苦しくなるほどかわいらしい。

女の子を膝に乗せて裁縫を教えている自分を想像する。下向きに生えた長い睫毛が弦一郎に似た女の子。実際の子は性別が判明する前に死んでしまったけれど。

自分の手もとに視線を戻し、作業を進める。見返しに接着芯を、袖ぐりと襟ぐりに伸び止めテープをアイロンで貼る。ロックミシンで端処理をし、ウエスト部分のダーツを縫おうとすると、背後から小針先生に声をかけられる。

「ダーツは型紙の線どおりに縫わないでね」

「えっ、型紙どおりに縫っちゃ駄目なんですか？」

まさに踏み込もうとしていたフットコントローラーから足を離し、振り返った。

「まっすぐ縫うと、着たときにダーツの先がぽこっとなっちゃうの。えくぼみたいにね。目立つし角張ったラインになる。人間はなだらかな曲線でできているのに、それだと服がうまくからだに沿ってくれないでしょ。だからダーツの最後のほうは内側に向かって曲線になるように縫うの。……こんな感じに」

そう言って先生はチャコペンで布に線を引いた。

「返し縫いはせずに、糸を長めに残して切って結んでね。そして針に糸を通してダーツのなかに通してから切って」

言われたとおりに縫って糸の処理をし、縫い終えたダーツにアイロンをかけた。ひっくり返して仕上がりを確認する。

「ほら、ダーツの先が自然に消えていくように縫えたでしょ」

「自然に消えていくように――」

わたしも自然に消えてしまいたい。そう思った。


なにもせずに過ごしていても、すぐにつぎの日曜はやってきた。時計の針が十二時をまわり、洋裁教室へ行く支度をしなければと思うのに、ベッドから起き上がれなかった。激しい寒気がして頭が鉄の輪で締めつけられているように痛い。それでもなんとか這うように洗面所へ行き、洗面台の下の棚から体温計を出す。腋の下に入れて測ると、三十八度と表示された。風邪かと思ったが、咳や鼻水といった症状はない。知恵熱みたいなものだろうか。

小針先生に電話をし、今日は休むことを伝えるとベッドに戻る。横になると、目眩に押し潰されてベッドに呑み込まれていくような錯覚に襲われた。――ああ、この感じ、知ってる。麻酔が残っていてベッドから起き上がれなかったあの日。眠りに戻ることもできず、立ち上がって帰ることもできず、横になったままなにも考えないようにしようと努めていた。

授かったのはいちどだけじゃなかった。二月、いちばん冬の厳しいころ。心臓まで凍ってしまいそうな寒さ。フロントガラスに降り積もる真っ白な雪と赤いスカート。あのとき産む決意をしていれば、いまごろ子育てで手いっぱいで、死ぬことを考える余裕すらなかっただろう。こんなに空っぽなわたしじゃなかっただろう。


生理が遅れているのは心労のせいだろうと思っていた。妊娠の可能性なんてまったく頭になかった。でも確かに、先々月に一時帰宅したとき、弦一郎とからだを重ねていた。それが最後のセックスになるとは知らずに。

「ねえ、どうしよう」

ふたたび命が宿ったことが判明したおなかをさすりながら、病院のベッドに横たわっている弦一郎に問いかける。三日前から昏睡状態に陥った弦一郎はなんの反応も示さない。覚悟してください、こうなったらあと一週間から十日ぐらいです。そう主治医に告げられた。覚悟ってなにをですか、なんで覚悟なんかしなきゃいけないんですかと問い詰めたかったけれど、わたしはただ頷くことしかできなかった。

一滴ずつ落ちていく点滴を見つめながら、弦一郎の手を握る。反応のない手は妙にむくんでいて、別人のもののようだ。自宅で看るかホスピスを頼るか迷っていたが、その結論を出す必要なく終わりが来るのだろう。弦一郎があと少しで遠くに行ってしまうなら、わたしも連れていってほしい。

「奥さん、ちゃんと食べてますか？」同室のほかの患者のところに来た看護師に顔を覗き込まれた。この看護師とも長いつきあいになる。「ご家族が倒れてしまってはたいへんですから、ご自分のからだもいたわってくださいね」

お気遣いありがとうございます、と返し、自分の頰に触れる。丸かった頰はいつのまにかこけており、頰骨の感触が指に伝わってうろたえた。

弦一郎が昏睡してからほとんどなにも食べていなかった。こんなに弱って気力のないからだに新たな命が宿っているなんて信じがたかった。妊娠したらもっと、おなかの子のぶんまで食べようとする勢いで食欲が湧いたりするんじゃないのか。かといってつわりもないのだ。いっさいアピールしてこない、存在を感じられない胎児。——この子はきっと、前の子と同じで生きる力を持っていないに違いない。

どうせ育たずに流産する子だから、そう言い聞かせて手術を受けた。

全身麻酔で眠っているうちにすべては終わっていたので実感はなかった。歩きまわれる程度に麻酔が抜けるまで待合室のソファで休み、それから駐車場へ向かった。術後の運転は危険なので車で来ないようにと言われていたのに、うっかり自分で運転してきてしまったのだ。水色のスズキ・ラパンに乗り込んだのはいいものの、エンジンをかける気になれない。

やや水っぽい横殴りの雪が激しく降っていた。雪はフロントガラスを覆い尽くしていく。どれほどの時間、そこにいたのだろう。フロントガラスの視界は狭まり、やがて真っ白に塗り潰されてなにも見えなくなった。嚙みしめていた歯のあいだから嗚咽が洩れ、全身が震えた。眼を見開いてこらえるが、しずくが落ちて赤いスカートに黒っぽい染みをつくる。うわあああ、といちど声を張り上げて泣くと、もう止まらなかった。あとからあとから叫びは喉を突き破って噴き上がる。

中絶手術を受けた翌々日、主治医の予想に反して弦一郎は意識を取り戻した。だけど、もはや自力で食べることも痰を吐くこともできなくなっていた。話しかけると眼で反応してくれるけれど、言葉を発することはない。わたしや自分の親のことをちゃんと認識できているかどうかもあやしい。

「病院でできることはすべてやり尽くしました」と主治医に宣言された。病院から紹介してもらったホスピスに弦一郎の両親と見学に行って、そこに転院することを決めた。

申し込んで半月後、順番がまわってきて転院の手はずが整った。世話になった医師や看護師に見送られ、病院を出て救急車に乗り込む。こんなに虚しくかなしい退院のかたちがあるなんて、と思った。

弦一郎をホスピスのベッドに寝かせ、説明や診察が終わって、売店で買った缶コーヒーをベッド横の椅子に座って飲んでひと息ついていると、あさお、とかすかな声で呼ばれた。

びっくりして、とっさに返事ができなかった。昏睡《こんすい》に入る前、最後にかけられた言葉は「看護師さん、水を取ってもらえますか」で、わたしを看護師と混同しているようだったのだ。それがいま、澄んだ眼差しでわたしを見つめて、名前を呼んでいる。

「ごめんね」

しっかりとした声音でそう言って、弦一郎はふたたび眼を瞑った。

「弦ちゃん？　わたしのことわかるの？　もっと話そうよ、ねえ、お願い、返事して!」
ようやくわれに返って弦一郎を揺さぶり呼びかけたが、彼の目蓋は開かなかった。しばらくすると、すうすうと穏やかな寝息が聞こえてきて、わたしは揺さぶるのをやめた。

弦一郎は二度と目覚めることなく、翌日息を引き取った。

こんなにすぐいってしまうのなら、ホスピスではなく自宅療養にすればよかった。あのころのわたしはいまにもぽきりと折れそうな精神状態だったから、共倒れになるのが怖くてホスピスを選んだけれど、慣れ親しんだ家のほうが満ち足りた最期の時間を過ごせたんじゃないか。自宅のベッドで窓の向こうにあるベランダの鉢を眺めながら、春になって芽を出す植物たちを想っていれば、冬を越すことだってできたんじゃないのか。

わたしは薄い夏用の布団のなかで、からだをくの字に曲げて呻《うめ》いた。寒気がして震えが止まらない。泣きすぎて頭ががんがん痛む。

弦ちゃん、謝らせてごめんなさい。謝らなきゃいけないのはわたしのほうなのに。

望みを叶えてあげられなくてごめんなさい。勝手にあなたの子を殺してごめんなさい。もしも産む選択をしていれば、あなたは自分の子がこの世に誕生する未来を思い描きながら幸福な気持ちで旅立つことができたかもしれないのに。

床に置いてあるバッグから、葡萄色に化けてジャンパースカートに変わりつつあるスカートが、わたしを監視している。

熱は三日ほど続いたが、翌週の洋裁教室の日には恢復《かいふく》していた。今日は陸斗くんは来ておらず、いつもどおりの静謐な教室の空気にほっとする反面、寂しさも感じた。

見返しと裏地を縫い合わせ、表身頃と裏身頃を中表にしてミシンをかけ、肩のところから引っ張り出して表に返し、脇を縫う。身頃とスカートをウエストで縫い合わせ、後ろにコンシールファスナーを取りつける。ファスナー付けは二度めなので前回よりは手際よくきれいにできた。裏地もファスナーのテープ部分に手縫いでまつりつけて、襟ぐりと袖ぐりに星止めという手法で見返しを固定して、首の後ろのところにホックをつけると完成だ。裏地があると一気に既製品に近づいた気がする。

一週の遅れもあって、完成したのはいちばん最後だった。おばあさんトリオは紅茶を飲みながらしのぶさんお手製のバナナパウンドケーキを食べていて、甘い香りが教室に広がっている。

いつものように、ひとりずつお披露目する時間がやってきた。まず、千代子さんが淡い藤色のスカートを着て登場する。裾に向かって牡丹や菊や菖蒲などさまざまな花を載せた花車が描かれていて、ひとめで着物をリメイクしたものだとわかった。手に持っているトートバッグは金糸や銀糸で鶴を縫い取った生地で、こちらは帯からつくったのだろう。

「結婚したばかりのころに夫のおかあさんが買ってくれた訪問着と帯をリメイクしたの。最近は足腰が弱って着物がつらくなったから、いっそ着やすい洋服にしてしまおうと思って」

「きれいな着物だね。前につくったもんぺとはえらい違いじゃないか。ほら、『はたちのときにいちばん気に入っていた服』の」とおリュウさん。

「そうね、結婚したのは二十六歳のときだったから、もんぺを着ていたころから六年しか経っていないけれど、時代も着るものも食べるものもなにもかも変わったわ。この着物を最初に着たのは長男のお宮参りのときだった。それから七五三、入学式、卒業式、結婚式……おめでたいときはいつも着ていた。いま、こうやってスカートになった着物を見ていると、たくさんの思い出が甦ってくる」

つぎに着替えたしのぶさんは、ツイードのジャケットとスカートのツーピースだった。赤やピンクや黄色などさまざまな糸が織り込まれた表情ゆたかなツイードだ。

「ふう、さすがに七月にツイードは暑いわね。冷房が効いているとはいえ」と言って額をぬぐう。

「しのぶさん、そんな難しそうな服を縫ったの?」千代子さんが感嘆の声を上げた。

「違うの、わたしの場合はリメイクといっても手直しだけ。腰が少し曲がったせいでジャケットの着心地が悪くなっていたから後ろ身頃の裾を長くして、動きやすいように袖ぐりを広げたの。時代遅れの厚い肩パッドも外して、スカートのウエストをゴムに替えて。これで死ぬまで着られるわ」

「よっぽど思い入れがあるのね、死ぬまで着るって」

「夫と駆け落ちしたあと、デパートへ行ってはじめて買った婦人服なの。一階で化粧品をひととおり揃えてメイクもしてもらって、二階でヒールのついたパンプスを買ってそれまで履いていた靴を捨てて、三階でこのツーピースを試着して購入したわ。デパートに入る前は男の格好だったのに、すっかり女の格好になって外に出たのよ。まるで『前からこういう服装をしていました』って顔をしてね。すごく昂奮して嬉しくて、帰り道は笑いが止まらなかった」

つぎに着替えたのはおリュウさんだ。スパンコールがふんだんに縫いつけられた金色のダンス衣裳は、半袖のカットソーに生まれ変わっていた。細身で姿勢のよいおリュウさんのからだにぴたりと張りつくような素材で、かたちはシンプルだけど動くたびにきらきらと輝くカットソーはよく似合っている。

「ヌードダンサーの引退を決めて、最後のステージで着ていた衣裳なんだ」

「どうして引退したの？」しのぶさんが訊ねる。

「おなかに赤ちゃんが宿ったからさ」

「あら、寿退社みたいなものね」

「いや、結婚はしていない。いまに至るまでいちどもね」

「未婚の母だったのね。どんなひとだったの？　そのお相手は」

「駆け出しの漫才師だった。劇場でショーの幕間《まくあい》に漫才やコントをやっていたんだ。ほんとうは東京のいいとこの坊ちゃんだったんだけど、漫才師になるって言って勘当されてね。飯が食えるほど稼げていないから、あたしが養ってやってた。あたしはそのとき三十、相手は十九。若いツバメってやつだね」

「『若いツバメ』の語源の平塚らいてうの恋人は、五歳年下だったらしいじゃない。十一歳年下、若いツバメどころじゃないわね、スズメの雛鳥だわね」としのぶさんが笑い声を上げる。

「妊娠がわかったときは動揺したよ。人生これからの若造に、こんな重荷、背負わせていいんだろうかって。悩んだすえ、あたしはだれにも妊娠を告げずに劇場を去った。彼にもね」

「じゃあその彼はあなたが自分の子を産んだことすら知らないの？」

「そうだね。彼はそのあとテレビに進出してスターになった。いまでもテレビをつけるとときどき見かけるよ。あたしのなかの彼はいつまでも十九歳なのに、実際はすっかり老け込んで、大御所扱いで。十一も離れていたはずなのに、いまじゃあたしよりも老人に見える」

「だれなの？　名前を教えてちょうだい」

問いかけた千代子さんやしのぶさんだけでなく、小針先生まで眼を輝かせてそわそわとしたようすで、おリュウさんの口から芸人の名前が出るのを待っている。

だが、おリュウさんは「これぱっかりは墓場まで持っていくつもりだから」と笑って、教えてくれなかった。

「きっぱり引退するつもりだったけど、できなかった。踊りやステージの魔力から逃れられなくてね。出産したあとは娘を連れて全国の温泉地の劇場を点々として、結局引退したのは六十過ぎだったよ」

最後はわたしの番だった。小部屋に入ってジーンズを脱ぐ。ジャンパースカートのファスナーを下ろし、白いTシャツの上から着た。ファスナーを引き上げながら鏡を見る。女学生っぽくもレディライクにも見える、上品なシルエットと色合いだ。

とはいえ、ウールの生地はさすがに暑苦しい。これを着る季節に想いを馳せようとして、いや、さすがにそのころはもうこの世にいないはず、と考え直す。手芸店で「終末の洋裁教室」のポスターに出会っていなければ、あのときに買ったロープでとっくに目的を遂行していただろう。なのに部屋の荷物の処分すら途中のまま、わたしはこうして毎週服を縫っている。

もういちど鏡を覗き込んだ。もとのマキシ丈スカートを思い浮かべようとしたが、はっきりとは思い出せなかった。息を吐き、よし、とちいさな声で呟いて気合を入れてから小部屋を出る。

「あら、いい色の服ね」としのぶさんがまっさきに褒めた。

「この服、もとは長くて真っ赤なスカートだったんですけど、つらい思い出が染みついていたんです。……でも、こうして色もかたちも生まれ変わると、その記憶も変わっていくような気がします」

本心なのか、それとも口からでまかせを喋っているのか、自分でもわからなかった。ただ、未婚の母が珍しかったであろう時代に、迷うことなく出産を選んだおリュウさんのまっすぐさや強さがうらやましかった。もしもあのときに戻れるとしたら、わたしは産むことを選べるだろうか。

洋裁教室から自分のマンションに戻ると、一直線にベランダへ向かった。植木鉢をひっくり返して底を叩き、コンクリートのようにかたくなった土や細く枯れた枝や色褪せた支柱を、まるごとごみ袋に入れる。

朝顔の蔓を引っ張っていると、薄皮に包まれた種がついていることに気付いた。触れると皮が割れて、みかんの房のようなかたちをした黒い種が手のひらにこぼれ出る。

――弦一郎が残した種。来年へ、未来へ繋げることができるもの。

手のひらの種をしばらく見つめていると、肩が震えた。頬を涙が伝わるのを感じる。手の甲で乱暴にぬぐい、立ち上がった。

弦一郎は採取した種をどうしていただろう。確か、シリカゲルといっしょに茶封筒に入れ、冷蔵庫で保存していたはずだ。わたしはダイニングテーブルに積み重なっている未開封の郵便物を手で破った。中身は捨てて封筒に種を入れる。冷蔵庫を開け、なにも入っていないまんなかの棚に置いた。

玄関に行き、シューズボックスの上に置いてあるサインペンを手に取った。玄関ドアの内側に貼られた緊急連絡先の紙にペン先を走らせる。

春になったら、冷蔵庫のなかの封筒に入っている朝顔の種を蒔いてください。

いったんそう書いたものの、二重線を引いて消した。

弦一郎が種蒔きの前にやっていたことを思い出そうとする。カッターナイフで種の表面に傷をつけて水に浸していたっけ。わたしはキッチンに戻り、そのとおりにやってみた。

朝顔の種蒔きの時期はとっくに過ぎている。いま種を蒔いても多くの花は望めないだろうけど、ちゃんと芽さえ出ればひとつやふたつは開花まで辿り着いてまた種をつくることができるかもしれない。

翌日、水に浸けた種を見ると、こころなしかきのうよりもふっくらしていた。ベランダに出て片隅に置いてあるストッカーを開ける。使いかけの赤玉土と腐葉土と肥料が入っていた。それらを調合して鉢底石を敷いた鉢に入れ、ひと晩水を吸った種を埋める。雨風に晒されてすっかり色褪せたプラスチックのじょうろで水をやった。

ベランダから寝室のベッドに視線を向ける。

空っぽのベッドに、自分と弦一郎の幻影を見る。

「ねえ、気持ちいい?」

体重をかけすぎないように気遣いながら、静かに腰を動かした。

「ん。すごくいい」

弦一郎は一音節ずつゆっくり返事をした。眩しそうに眼を細めてわたしを見上げながら。このころよく見せるようになった、子ども以上に無垢な笑みを浮かべている。一時帰宅した日の午後、最後のセックス。

四肢の麻痺が進行しているなかで比較的自由に動かせる左手がシーツから離れ、上がっていく。こっちに向かって伸びたその手にわたしは自分の手を合わせ、指を絡める。

「わたしも気持ちいい。好き。大好き」

うわごとのように言って跳ねる。やさしく動かなければと頭では考えているのに、こみ上げる衝動にあらがうことができない。

「ありがとう、麻緒」

そう囁かれるのとほぼ同時に、からだのいちばん奥にほとばしりを感じた。熱い熱い、生命のほとばしり。

種を埋めて四日めの朝、水をやるためにベランダに出ると、種の殻の帽子をかぶった双葉が植木鉢のなかで頭をもたげていた。わたしは息をするのも忘れ、朝陽を浴びて輝くその芽に見入った。

第五章

自分以外のだれかのための服をつくってください

ジュエリーボックスを開け、プラチナの細くシンプルな指輪に触れる。「２００８・６・６　G&A」と内側に刻印された指輪は、指が痩せて抜けるようになったため二年ほどつけるのをやめていた。左手の薬指に嵌めてみる。まだゆるいが指から滑り落ちるほどではない。

ジュエリーボックスの蓋を閉めようとして、ダイヤモンドの指輪が眼に留まった。古めかしい立て爪のデザイン。形見分けで譲り受けた祖母の指輪だ。

形見分け、という言葉が脳の一部をぴりっと刺激した。ジュエリーボックスをテーブルに置き、わたしはとある部屋の前へ向かう。ドアのノブに手をかけると鼓動が速くなった。途中までまわし、眼をぎゅっと瞑ってしばらくそのままでいたが、息を吐いて手を離す。

ダイニングに戻って椅子に腰を下ろした。テーブルに置いてある封筒に手を伸ばし、中身を取り出す。

自分以外のだれかのための服をつくってください。

一筆箋からはみずみずしい花の香りがした。フリージア、ジャスミン、百合——。朝露が花びらに残るほどフレッシュな花束を抱え、顔を埋めるところを想像する。

自分以外のだれかのための服。答えはとっくに決まっていた。

一筆箋を封筒に戻して立ち上がり、ふたたび例の部屋の前に立った。さっきは躊躇したが、今度こそドアノブを最後までまわしきる。手前に引くと、黴くさい澱《よど》んだ空気が鼻腔をくすぐった。一年半も開かずの間になっていて換気すらしていなかったのだ。カーテンの隙間から入る陽射しが、時間の止まっている部屋に舞う埃の粒子をきらきら光らせている。回転式のデスクチェアに腰かけてわたしに笑いかける弦一郎の幻影が、浮かんで消えた。

部屋はすっきりと片付けられていた。将来は子ども部屋にする計画で、とりあえず弦一郎の個室として使っていた五畳間。横に長いパイン材のデスク、その上のデスクトップパソコン、茶色い革張りのデスクチェア、扉のついた本棚兼CDラック、クローゼット。

チェアの座面を撫でる。尻や膝裏など弦一郎のからだの一部が接していた場所の革が擦りきれていた。猫のしりが引っ掻いた長い傷も残っている。デスクの上のマウスも、指が当たる部分が手垢で黒ずんでいた。

次回の洋裁教室では弦一郎のシャツを縫うつもりだった。寸法の参考にするため、彼のシャツを借りようとクローゼットの扉を開ける。

一瞬、寝室にある自分のクローゼットを開けたのかと思った。自殺するための身辺整理として、ほとんどの服を処分した自分のクローゼットかと。既視感を覚えるほど弦一郎のクローゼットはがらんとしていた。

「えっ？」

衝撃から一拍遅れて、声が洩れる。どういうこと？

ハンガーにかかっているのは、ギンガムチェックの長袖シャツ一枚と紺色の無地のTシャツ一枚だけ。衣裳ケースを引っ張り出す。チノパンが一着、パジャマがひと組、下着と靴下がいくつか。何度確認してもそれがクローゼットに入っているもののすべてだった。弦一郎はあまりファッションに興味がなかったから衣裳持ちではなかったけれど、それでもこの小ぶりのクローゼットが埋まるほどの服は持っていたはずだ。

「は？　なんで？　わけわかんない」

呆然とクローゼットを見つめていたが、はっとして本棚兼ＣＤラックの扉を開ける。そこも空だった。出版社の栞《しおり》や書店の名前が入った紙のカバーだけが棚に置いてある。この世に別れを告げる最後の日は、弦一郎のレシピのホットワインを呑みながら彼の好んでいた曲を聴き、彼の読んだ本を読み、彼が着ていた服に顔を埋めて、それから決行しようと夢想していたのに。

——いや、まだ残っているものがあった。わたしがプレゼントしたスクラップブック。結婚するとき、いままで撮ったふたりの写真を切り抜いて貼ってつくったのだ。

少しほっとして、下の棚に立てかけてあるそれに手を伸ばした。つくったときのことを思い出し、胸がぬくもる。だが、表紙をめくったとたん悪寒《おかん》が全身を駆け巡り、手からスクラップブックが滑り落ちた。

へたり込み、ページをめくっていく。ふたりで写っているすべての写真から、弦一郎の部分だけ切り取られ、外されていた。河川敷の立派な桜の木、ひまわりの花畑、動物園の顔はめパネル、イルミネーション、温泉街の足湯、初詣の神社、すべてわたしひとりの記念写真になっていた。まるではじめから、弦一郎なんて存在していなかったみたいに。

住宅街に蝉の鳴き声が響いていた。汗がTシャツのなかを流れる。照り返しが眩しいアスファルトに電柱がくっきりと濃い影を落としている。日傘を持ってくればよかったと考えて、とっくに処分したんだと思い出した。身辺整理をはじめたのは四月で、夏を迎えるつもりなんてなかった。

身辺整理——弦一郎はいつ部屋の片付けをしていたのだろう。ある程度からだの自由が利いて、体力もあるころに違いない。そんなに前から、と思うと足もとのアスファルトが砂になって崩れる気がした。わたしが外出しているときや寝ているあいだに進めていたのだろうか。まったく気付かなかった。あのあと弦一郎のパソコンも起動してみたのだが、すっかり初期化されていて、テキストひとつ画像ひとつ残っていなかった。

周囲を見まわす。久しぶりに降りた駅の周辺は一見なにも変わっていないように思えたが、よく観察すると焼き鳥屋がチェーンの居酒屋に、ラーメン店が店がまえはそのままに名前だけ変化していた。あそこのコンビニ、前はなんだったっけ。いまにも潰れそうだった金物屋はしぶとく残っている。角を曲がると、低い建物の多い住宅街に場違いな高層マンションが視界に迫ってきた。建築中は何度か前を通ったが、完成したすがたを見るのははじめてだった。

足が止まる。はあ、と息を吐いた。

ここは弦一郎が住んでいた古い日本家屋があった場所だ。結婚してからの数年はわたしも転がり込むようにして住んでいた。地上げに応じなかった家主のおじいさんが亡くなったあと、区画まるごと更地になってマンションが建ったのだ。

マンションを見上げる。洋館を意識したと思われるエントランスの意匠が妙に安っぽい。外壁の色も悪趣味で、建って数年なのに薄汚れて見える。ぐるりとマンションのまわりを歩いてみた。おじいさんが住んでいた母屋も、わたしたちがいた離れも、弦一郎が丹精した庭も、あとかたもなく消えていた。縁側の立派な沓脱ぎ石も、猫のしりの爪研ぎになってしまっていた柱も、初夏に大輪の花を咲かせるクレマチスも、ふたりで園芸市に行って買ってきたもみじの若い木も、もう存在しない。

マンションから離れてさらに歩くとパン屋が見えてきた。休日はいつも、遅めに起きてこの店でパンを買い、近くの公園でブランチにしていた。

店内に入ってみる。いらっしゃいませ、と声をかけてきたのは見憶えのない女性だ。わたしと同じぐらいの年ごろだろうか。入口のそばの棚にはブリオッシュやパン・ド・カンパーニュやキッシュ・ロレーヌが並んでいる。以前はむかしながらのコッペパンにさまざまな具材を挟んだものとあんパンのみを売っている店だった。経営者が代わったのかもしれない、と残念な気持ちになったが、奥の棚に見慣れたハムカツのコッペパンを発見して、頬がほころぶ。わたしはいつも違う具材のパンを選んでいたけれど、弦一郎は毎回これしか買わなかった。「飽きないの？」と訊ねたら「ぜんぜん」と笑っていた。

「あの、前にここにいたご夫婦は——」

レジで財布から小銭を出しつつ訊ねる。以前は壮年の夫婦がふたりで経営していた。

「ああ、父と母は奥にいますよ。わたしは娘で、ほかの店で修業していたんですけど店を継ぐため戻ってきたんです」と女性は答えた。

パン屋を出ると銭湯の煙突が眼に留まる。入口の前では数人の常連客が午後三時の開店を待って並んでいた。みんな顔馴染みらしく、会話に花を咲かせている。この銭湯は柚子湯や菖蒲湯など定番だけでなく、ワイン湯やチョコレート湯や唐辛子湯やシナモンジンジャー湯などかなりチャレンジングな日替わり湯をやっていた。

「『神田川』って女のひとがさきに上がって待ってるけど、フツー、女性のほうが長湯だよね」とわたしは銭湯の帰り道、毎回のように話した。何十回と同じ話を聞かされても、弦一郎はいつも笑って頷いていた。なんでももっと有意義な話をできなかったんだろう。伝えたいことはいっぱいあったはずなのに。

わたしは踵を返し、来た道を駅へと戻った。

家の玄関に辿り着いたときにはもう、憂鬱の沼に首のあたりまで浸かって溺れそうだった。のろのろとスニーカーを脱ぎ、廊下に倒れ込む。ひややかなフローリングが火照った頬を冷やしていく。どのぐらいそのままの姿勢でいたのだろう。立ち上がって居間へ行くと、さっきまで燦々《さんさん》と照っていた太陽はすがたを消して、窓の外は真っ暗になっていた。

カーテンを閉め、部屋の隅に置いてあった手芸店の袋を手に取る。中身はロープだ。「終末の洋裁教室」のポスターと出会う直前に購入した、生成りのコットンのロープ。首吊りには天然繊維よりも合成繊維のほうが伸びにくくて適しているとあとから知ったが、これでも不可能ではないだろう。

スマホをポケットから取り出し、「もやい結び」で検索する。本来は船舶での作業に用いる結びかただ。検索結果から動画を選び、再生した。動画のとおりに輪をつくってロープの先端を通していく。手首を輪のなかに入れ、ロープを引っ張ってきちんと締まることを何度か確認した。ロープの長いほうの先端をドアノブに結びつける。そしてドアの上部に通し、反対側の面へと輪を垂らす。

　輪を広げ、そこに自分の頭を入れた。うつむくと、自分の着ているTシャツの汗染みが無性に気になった。グレーのTシャツの胸あたりや腋が黒く濡れているのが、耐えられないほど不快に思えてくる。なんでこんなときに、と嘆息してロープを首から外し、Tシャツを脱いで部屋に干してある洗濯済みのものに着替える。

　ふたたび輪に頭を通そうとしたが、今度はTシャツの胸もとにくっついている髪の毛から眼を離せなくなった。気にとめないようにしたけれど、諦めてそれを摘み、ごみ箱に捨てる。

　またロープを首にかけて、立っている姿勢から膝立ちになった。首にぐっと力がかかり、ロープが食い込む。おそるおそる尻を落としていく。頸動脈だけでなく気管まで締まっていき、唾を呑み込みたいが呑み込めない。血が頭に上っていくのがわかり、頭頂部がずきずき脈打つように痛み出す。

　そのとき、脚にやわらかい毛がふわっと触れた。

――しりちゃん？

猫の幻触だ。しりが死んだ直後は布団の上に飛び乗る感触で目が覚めたり、脚にまとわりつくしっぽを感じたりすることもあったけれど、最近はなくなっていた。心霊現象でもなんでもないただの錯覚だと頭ではわかっているものの、とっさにすがたをさがしてしまう。

気を取り直し、さらに腰を落とす。一気に尻を床につけて体重をロープにかけてしまえばいいと思うのに、じわじわとしか動けない。

今度はポケットに入れたスマホが鳴り出した。無視していると、耳鳴りがその音を打ち消すように響きはじめる。映画のスクリーンから古いテレビ映像に切り替わるように視界が狭まった。首から頭にかけての痛みが耐えられないほど強くなっていく。柔道の絞め技で気絶するように気持ちよく意識が遠のいていきます、となにかで読んだことがあるけれど、まるで嘘だ。それともわたしのやりかたが悪いのか。

蛙の鳴き声のようなえずきが喉から断続的に出る。それでもじょじょに頭は白い靄に包まれていって、このまま続けたらいけるかもしれないと思ったとたん、手足が独自の意思を持っているかのようにめちゃくちゃに暴れ出し、気付いたらわたしは普通に立って息をしていた。痛む喉を押さえて激しく咳《せ》き込む。

スマホは粘り強く鳴り続けていた。ロープを首から外し、ポケットのスマホを取り出す。真嶋詩乃、と表示されていた。弦一郎の妹だ。電話をかけてくるのは珍しかった。しかもよりによってこんなタイミングで。ボタンを押して耳に当てる。

「麻緒さん？　詩乃《しの》です、お久しぶりです」

照明をつけていない真っ暗な部屋に、弾んだ声がスポットライトのように射し込んだ。

「詩乃ちゃん、久しぶり」と言おうとしたが、咳き込んでろくに言葉が出なかった。

「わっ、どうしたんですか？」

「ちょっとお茶が気管に入って噎《む》せちゃって……」がらがらの声で答える。首を吊っていたとは言えない。

「わたし、いま出産でこっちに里帰りしてるんです」

「そっか、もう臨月なんだ。予定日は？」

「八月十六日ごろです。でも切迫早産で安静にしなきゃいけなくてずっと入院してるから、暇で暇でしょうがなくて」

「お見舞い行くよ」

「わあ、嬉しいです！」

「欲しいものとかある？」

「クロスワードとか数独とかパズル系の本をお願いします。病院の売店にあるのは全部やりつくしちゃって」

「オッケー、わかった」

お見舞いの日時を決め、病院の名前をメモする。

電話を切ってから、長い息を吐いた。ドアノブのロープをほどいて束ね、手芸店の袋に戻す。さっき着替えたばかりのTシャツは絞れそうなほど汗で濡れている。わたしは洗面所に行き、Tシャツもスカートも下着も全部脱いで冷水のシャワーを浴びた。しずくが肌を叩いて汗を流し、熱の溜まった頭を冷やしていく。鏡を見ると、首のところにチョーカーみたいに赤く跡がついていた。

「そのひとの実際のサイズを測って、あとで電話かメールで教えてもらったほうがいいんだけど」

洋裁教室の小部屋で小針先生は首を傾げ、困ったような表情を浮かべた。彼女の視線はわたしの顔と、ギンガムチェックのシャツのあいだを行ったり来たりしている。弦一郎のクローゼットに唯一残っていたシャツだ。

「いえ、このシャツと同じサイズでだいじょうぶです」

「せっかくオーダーメイドでつくるんだから、からだにぴったり沿うほうがいいでしょ。シャツほどオーダーメイドの喜びを味わえる服はないわ。肩幅や首の太さや腕の長さに合わせてあつらえたシャツは、着心地もうつくしさも格別だもの」

「このシャツがぴったりだったんで、これでいいんです」

投げやりな口調になってしまった。先生は眼を細め、さぐるようにわたしを見つめる。

「……それは旦那さんの服？　それとも違うひとの？」

ほどよく冷房の効いている部屋の空気が、一気に凍《い》てつく。

「夫のです」

「だったらあとで家で測って、電話かメールで教えてくれればいいじゃない。それとも旦那さん、家にいないの？」

わたしは黙り、先生を見つめ返した。自分の目つきが険しくなっていくのを感じる。首を一周するようにできた痣《あざ》を隠すために巻いたスカーフが苦しい。さきに視線を外したのは先生のほうだった。

「……ごめんなさいね、立ち入ったことを訊いてしまって。じゃあこのシャツと同じサイズで型紙を用意するわね」

「はい、お願いします」

小針先生のなかで、わたしは「家を出ていった夫に執着し続ける哀れな女」になったのかもしれない。だけど誤解をとく必要も感じなかった。

そのあとは例によって手芸店へ生地選びに行ったが、いつにもまして気持ちが入らなかった。虚しかった。ひたすら虚しい。なんでこんなに虚しいんだろうと考える。もうこの世にいないひとの服だから？　つくったところで着てもらえないから？　エンディングドレスなんてもうどうでもいいと思っているから？

いや、そうじゃない。いまさらわたしは弦一郎を疑っているからだ。弦一郎の愛情を。わたしの気持ちが正しく伝わっていたかどうかを。

「わたしのためになにか残してくれたりして」とこころのどこかで期待していた、そんな自分に気付く。毎年誕生日に亡き母から届く手紙、とか、遺品整理のためクローゼットを開けると妻のために用意したクリスマスプレゼントが、とか。そういうサプライズが自分の身にも起こることを夢見ていたのかもしれない。

震えてくるほど恥ずかしかった。勝手に期待して、勝手に裏切られたと感じている自分が。弦一郎は手慣れた犯罪者が証拠を隠滅するように、わたしとの暮らしの痕跡を消し去っていた。いちばんつらかったのはスクラップブックの写真を切り取られたことだ。出会ってからのふたりの軌跡を、そしてこれからのふたりの人生を大切にしていきたい気持ちを込めて、写真を選んで貼ってデコレーションしてプレゼントしたのに。弦一郎はそれにはさみを入れてふたりを切り裂いた。いったいどんな顔をして、なにを考えて、そんな所業ができたのか。

わたしはほとんど迷うことなく、コットンのシャンブレー生地を購入した。インディゴブルーの縦糸と白い横糸が織りなす霜降り調の風合いがラフだけど、上品な光沢も兼ね備えたシャンブレーは、メンズシャツによく使われている生地だ。この布ならそれらしいシャツができるだろう。

手芸店を出て解散してから、クロスワードの本と果肉入りゼリーを買い、詩乃ちゃんが入院している病院へ向かった。

「麻緒さーん！」

病室に入るなり、ベッドの詩乃ちゃんは満面の笑みを浮かべて手を振ってきた。すっぴんなのに内側から発光するように輝いている肌といい、以前よりもふっくらした頰といい、しあわせな妊婦さんそのものだ。会うのは弦一郎の一周忌以来で、そのときはつわりでげっそりしていた。

よっぽど話し相手に飢えていたらしく、詩乃ちゃんはほとんど一方的に話し続けた。まだ迷っている赤ちゃんの名前のこと、病院食のこと、最近気に入っているマッサージオイルのこと。彼女の下向きの長い睫毛や眼のかたちや少し角張った顎のラインに弦一郎との相似を見て、相槌を打ちながら刺すような痛みを感じた。

「あの、麻緒さん」

ひとしきり喋ったあと、ペットボトルのお茶を飲んでひと息ついた詩乃ちゃんが、あらたまった声で言った。

「なに？」

「お兄ちゃんから預かってるものがあるんです」

——預かってるもの？

全身の細胞がざわざわと目覚める音をわたしは自分の内側から聞いた。

「いや、預かったのはわたしじゃなくてうちの母だけど、麻緒さんがショックを受けるかもしれないからって渡すのを躊躇しってて。だからわたしから——」

詩乃ちゃんが横の棚から出したものを、ほとんど引ったくるようにして受け取った。

それは一枚の紙だった。役所の届出書。一瞬婚姻届かと思ったが、いちばん上には馴染みのない言葉が書いてある。

「復氏、届……？」

「あ、知らないですか？　復氏届のこと」

「知らない」

「配偶者が亡くなったあと、旧姓に戻るための届け出です。配偶者の戸籍から抜けて、結婚前の戸籍か新しい戸籍に変更できるんです」

わたしは用紙を凝視した。婚姻届と比べるとずいぶん簡潔だ。一面だけだし、証人もいらない。

「……これを、弦一郎がわたしにって？」

「グレード四だって判明した直後かな、『自分が死んだあとに麻緒に渡してくれ』って母が言われたみたいで」

正面にいる詩乃ちゃんの声が遠くから聞こえた。

病室を出てエレベーターに乗り、手に持ったままの復氏届を見る。これがプレゼントか。なんで死によって分かたれたあとも、絶縁状じみたものを受け取らなければいけないのだろう。

エレベーターが一階に止まったので降りる。復氏届をロビーのごみ箱に突っ込んだ。まだ気が治まらないので、青いシャンブレーの生地が入った手芸店の袋も捨てる。

家に帰る方向の電車に乗ろうとして、あることを思いつき、反対のホームに移動した。営業終了時間間際の手芸店に戻る。

この手芸店には何度も来ているが、ベビー用品のコーナーに足を踏み入れるのははじめてだった。パステルカラーのユニコーンがプリントされたダブルガーゼ、ぽこぽことした凹凸がお菓子のワッフルみたいなワッフル生地、オーガニックのスムース生地——。淡い色彩に包まれたその一角は、幸福が細かな粒子になってただよっているみたいだった。そばのラックに置いてある手芸本を手に取る。スタイや肌着、ロンパースにモンキーパンツなど、ベビー服のつくりかたと型紙が載っている。

狭い通路でおなかの大きな女性とぶつかりそうになり、あわてて後ろに下がった。ちいさな子の手を引いている妊婦、抱っこ紐で赤ちゃんを抱いている若い女性、孫のための服を縫うのであろう白髪交じりの女性、この売り場にいる女性たちはだれもが頬をほころばせ、穏やかな眼差しで布を見ている。

水色のパイル生地を撫でてみた。ループ状に織り込まれた糸が手のひらをくすぐる。りんご柄のダブルガーゼに触れた。ふんわりとやわらかく、思わず頬ずりしたくなる肌触りにこころを慰撫されて、涙がこみ上げる。

わたしは数種類の布地とベビー服の手芸本、ガーゼのバイアステープやマジックテープやコットンレースなどを購入した。あとで小針先生につくるものを変えたことを伝えなければと考えながら、閉店の音楽が流れる店を出る。

帰宅して、買ったときの袋のまま数日放置していたハムカツのコッペパンを、キッチンのごみ箱に捨てた。

電話でメンズシャツの型紙は必要なくなったと伝えたときの小針先生は、かたい声音で訝しげな反応だったが、わたしが教室のテーブルに広げた水玉や白くま柄やヨット柄などのダブルガーゼを見ると、あの売り場にいた女性たちと同じ笑みを浮かべた。

「この本に載っているものをつくるのね？」

「まだ産まれてないから、先生にぴったりサイズの型紙をつくってもらうことはできないんです。なので今回は本についてる型紙で」

「なにを縫うの？」

「肌着とスタイを数枚ずつ縫おうかと。どっちもいくつあっても重宝するものだろうし」

「スタイ？　ああ、よだれかけのことね。ダブルガーゼは端がほつれやすくて少し扱いづらいから、慣れるためにかんたんなスタイからつくったほうがいいわ」

わたしは本の巻末に差し込まれている型紙を広げ、薄くて透けるハトロン紙を載せて線をなぞっていく。

「あら、真嶋さんおめでたなの？」

しのぶさんがテーブルのダブルガーゼに触れて、期待に満ちた眼で見てきた。

「いえ、わたしじゃなくて妹の赤ちゃんのです」

「赤ちゃん用の布っていいね。綿菓子みたいにふわふわしてて、幸福そのものの手触りって感じで」とおリュウさんも布に手を伸ばした。

ハトロン紙に写した型紙のとおりにダブルガーゼを裁断していく。ほろほろと糸がほつれていくので、早く縫ったほうがよさそうだ。U字にカットした生地を中表に合わせてミシンで縫い合わせる。表に返して、返し口のところを手縫いでまつり、周囲にミシンでぐるりとステッチをかけ、首の後ろの部分にマジックテープを縫いつけたら完成だ。

いままで手がけた大人用の服に比べると格段にかんたんだった。なにせサイズがちいさいからつくりやすい。さっそくふたつめに取りかかる。今度はレースが縁を飾るように挟み込んで縫った。はぎれでリボンをこしらえて、中心につける。

つぎのはどうしようか。この生地とこの生地を組み合わせようか。かわいいかたちのボタンを追加で買って縫いつけようか。刺繍にもチャレンジしたい。

小針先生に刺繍糸と刺繍針、刺繍の本を借りて、見よう見まねでやってみることにする。時間が経つと消えるタイプのチャコペンで、クリーム色の無地の生地に四つ葉のクローバーを咥えた鳥のイラストを描いて、それをなぞるようにサテンステッチとチェーンステッチで刺繍していく。いびつで下手ではあるけれど、素朴さがかわいらしいと言えなくもないだろう。

詩乃ちゃんの喜ぶ顔を想像する。これをつけた赤ちゃんの無垢な顔を思い描く。黒目がちの瞳、ちっちゃな鼻、泣きじゃくって真っ赤に染まった肌、むちむちした手や足、立ちのぼる甘いにおい。

自分の口角が笑みのかたちに動くのがわかった。艶のあるサテンステッチのクローバーを撫でる。

翌週はベビー肌着を縫った。サイドにつけた紐で結ぶタイプの、浴衣のようなかたちの肌着だ。赤ちゃんの繊細な肌を傷つけないように、通常の衣服とは違い、縫い代が外側に出るように縫う。襟ぐりから前端はガーゼのバイアステープで包んで端処理をした。

先週のスタイよりは手間がかかるが、それでも難しくはないので、ほかのひとの手もとを眺める余裕があった。おリュウさんは白いチュール生地でパニエらしきものを縫っている。ニューヨークでバレエを習っている孫の舞華ちゃん用の衣裳だろうか。しのぶさんはイタリア製らしき幾何学模様のシルク生地で、細長いものを縫っている。おそらく旦那さんのネクタイだと思われる。千代子さんはチェックのフランネルでズボンをつくっていた。一瞬曾孫の陸斗くんの顔が浮かんだが、大人サイズなので違うだろう。ウエスト部分にゴムを通しているから、もうすぐ完成しそうだ。

ベビー肌着を一着縫い終わり、二着めに取りかかったところで、バッグのなかのスマホが鳴った。取り出して画面を見ると、「真嶋のおかあさん」とある。もしかして、と胸が高鳴った。廊下に出て通話ボタンを押す。

「はい、麻緒です」

「あっ、麻緒さん！」昂奮した声が鼓膜に届く。「もうすぐ産まれそうなの！　詩乃、いま分娩室に入ってて」

「わたしも行きます！」とっさにそう宣言していた。

電話を切って教室に戻る。

「あの、妹の子、産まれそうで。病院に行ってもいいですか」

「もちろんよ、早く行きなさいよ」とまっさきに返事をしたのは小針先生ではなくしのぶさんだった。

糸や針や布を片付けようとして「テーブルの上はそのままにしておいていいから」と小針先生に急かされ、わたしはバッグだけを摑んで教室を出た。エレベーターに乗って階数ボタンを押そうとしたとき、千代子さんが息を切らして飛び込んできた。

「千代子さん？　どうしたんですか」

九十二歳の千代子さんはぜいぜいと苦しそうな呼吸をしながら、「真嶋さん、これ」となにかを手渡してくる。それはさっき彼女が縫っていた赤いチェックのフランネルだった。ズボンだけじゃなくて開襟のシャツもあって、あ、パジャマだったんだ、と気付く。

「どうしたんですか、これ」

「自分以外のだれかの服、わたしはあなたのパジャマをつくったの」

ようやく呼吸の落ち着いた千代子さんが、パジャマを受け取ったわたしの手を包み込むように握る。

「ええっ？　なんでわたしに――」

「はじめて会ったときから心配だったの、あなたのことが。思いつめたような暗い顔をしてて。そもそも、若いのに死に装束を縫う教室に通うって時点で気になるじゃない。ぜったいにわけありじゃない。おせっかいなおばあさんでごめんなさいね」

「そんな……」

しわだらけの千代子さんの手は、しっとりとしていてあたたかい。

「あなたが気持ちよくぐっすり眠れるようなパジャマをプレゼントしたいと思ったの。といっても、いまの季節には暑苦しいから当分着られないけど」

「わたし……わたし……」

鼻の奥がつんと痛くなり、目蓋が熱くて視界がとろけ、言葉がうまく出てこない。

エレベーターが一階に着いてドアが開いた。

「泣くのは赤ちゃんが産まれてから！　ほら、急がなきゃ！」

背なかを押され、わたしはエレベーターから飛び出した。ドアが閉まったエレベーターに向かって深く頭を下げると、眼からこぼれたしずくが床に散った。

外に出てタクシーを拾い、病院の名を告げる。病院の受付で分娩室の場所を訊ねて向かった。

「麻緒さん、来てくれたの。まだ産まれないみたい」

待合室のベンチに座っている義母がぱっと顔を上げて言った。義父はそわそわと落ち着かないようすでベンチの前を行ったり来たりしている。詩乃ちゃんの夫は立ち会いのため分娩室に入っているようだ。

壁の向こうから呻きや叫びが聞こえる。詩乃ちゃんか、ほかの妊婦か。「もう産むのやめる！」と怒鳴る声、「いたいいたいいたい」と悲鳴、「もっといきんで！」と助産師の声。

どのぐらい待っただろう。戦場のような咆哮にも慣れてうとうとと眠りかけたころ、ふえええんっ、とそれまで聞こえていた叫びとはまったく違う頼りない泣き声がかすかに聞こえた。はっとして立ち上がる。

祈るかたちに手を組み、唾を呑み込んで壁の向こうの話し声に耳を澄ます。状況がわからずもどかしい。時間がゴムのように伸びて、一瞬が永遠のように感じる。

「真嶋さんのご家族のかた、どうぞ」

ようやく分娩室から出てきた看護師に呼ばれた。ベテランらしい看護師の頼もしい笑顔に、腰から崩れ落ちそうな安堵を感じる。

「おめでとうございます。元気な男の子ですよ」

助産師から赤ちゃんを受け取った義母が瞳を潤ませた。

「赤ちゃんのころの弦一郎にそっくり。ほら、この眉毛のあたりなんて弦一郎そのものでしょ」

「ちょっとお母さん、この子のパパはお兄ちゃんじゃなくてタッちゃんなんだからね。あんまり弦一郎弦一郎って言わないでよ」と詩乃ちゃんが冗談めかして言う。汗で髪をぐっしょり濡らして蒼白な顔色をしているが、やり遂げた満足げな表情を浮かべていた。

「ほら、麻緒さんも」

一歩下がったところで見守っていたわたしも呼ばれ、おずおずと手を伸ばす。産まれたばかりの新生児なんて抱いたことがないから緊張した。ぎこちなく腕のなかに収める。真っ赤でしわくちゃの顔のどこが弦一郎に似ているのかはわからない。だけど、湯気が出そうなほど高い体温とちいさな全身を震わせて泣くエネルギーに圧倒され、鼻水をすすり上げて弦一郎の甥になる赤ちゃんを見つめる。

待ちきれないようすでわたしの腕のなかを覗き込んでいる義父に、赤ちゃんを渡した。おーよしよし、と破顔して初孫をあやす弦一郎の父を見て、このひとのこんな表情、はじめて見たなと感慨に耽《ふけ》る。弦一郎の病室で難しい表情を浮かべている印象が強かった。義母も、詩乃ちゃんも、葬式や一周忌でしか会ったことのなかったその夫も、それまで見たことのない顔つきでこの場にいる。流れていく時間に身をまかせ、前に進んでいる。

絡まっていた毛糸がほどけるように、ひとつの答えが頭に浮かんだ。弦一郎が自分の死後にわたしに望んでいたのも、そういうことだったのかもしれない。時間の流れに従うこと。自分の変化を受け入れること。前に進むこと。立ち止まってうずくまり耳を塞いでしまうわたしを予見して、再度決別させるために自分の痕跡を部屋から消し、復氏届を託したのかもしれない。

それでもやっぱり荒療治だよ、と頭のなかで弦一郎を小突いた。いつになるかわからないけど、わたしもそっちに行ったらこの件について説教してやるから。

弦一郎の家族に別れを告げて、ひとりで病院を出た。吹き渡るぬるい風が心地よい夏の夜だった。先々月の洋裁教室で縫ったインド綿のセーラーカラーブラウスが快適だ。公園の前を通ると、だれかが花火をやっていたのか火薬のにおいが鼻をくすぐった。いつかの夏、あの日本家屋の縁側で弦一郎と線香花火をやったことを思い出す。線香花火のぱちぱち弾ける火花に照らされた弦一郎の横顔、揺らさぬよう落とさぬよう息を詰めて見つめた儚《はかな》く燃え上がる火の玉。

いまはまだ、すべての季節や風景やにおいが弦一郎との記憶と強固に結びついている。だけど、やがて少しずつ薄れていくのだろう。写真立ての写真が陽に焼けて退色するみたいに。それはかなしいことだけど、悪いことではないはずだ。

家に着いたわたしは千代子さんにもらったフランネルのパジャマをバッグから出し、自分のクローゼットにしまった。老眼鏡を額に上げてボタンを縫いつける千代子さんの真剣な面持ちが思い浮かぶ。パジャマのボタンは貝ボタンで、とろりとしたやわらかい光沢を放っていた。

ほうじ茶を淹《い》れてひと息ついてから、弦一郎の部屋のドアを開ける。このあいだ入ったときは気にとめなかった、壁にかかっている二〇一六年のカレンダーに視線が吸い寄せられた。

このカレンダーを買った日のことを覚えている。二〇一五年の十二月、入院していた弦一郎が一時帰宅したときにうちの近所の書店で購入したのだ。

カレンダーは一月のまま、予定を書き込まれることなく、いちどもめくられることなく、役割を終えた。壁から外し、めくってみる。二月。弦一郎の命が尽きた月。なにも書いていない。命日の日付が3D映像のように眼に迫ってくる。それから逃れるようにさらにめくった。三月も白紙のまま。四月も、五月も、六月も、七月も。

八月までめくったわたしは、ふいに金色のあたたかなひかりに全身を包まれた。震える手で口を押さえ、眼を見開く。

「麻緒のバースデー」。八月二十日の欄に、弦一郎が好んで使っていたブルーブラックのインクで書かれていた。懐かしい角張った右上がりの字。そうだ、すっかり忘れていたけど、ちょうど一週間後、二十日はわたしの誕生日だ。

壁に額をついて息を吐き、弦一郎の字を指でなぞった。

翌朝、カーテンを開けっ放しにしていた窓から射す朝陽で眼が覚めた。きのうこの世界に生まれ落ちたばかりの命が、いま新生児室ではじめての朝を迎えているのだと思うと、笑みが洩れる。

体内をひかりの玉のようなものが跳ねていて落ち着かなかった。散歩でもしようと玄関へ向かう。スニーカーを履きかけて、玄関ドアの内側に貼りつけている紙が眼に留まった。「緊急連絡先」と題された、A4の用紙。自分の死後、発見者に連絡を取ってもらうために用意したリストだ。はじめは自分の親の名前と住所と電話番号だけだったが、小針先生やら中学の同級生だったかなやんやら、いつのまにか長くなっていた。

わたしはしばらくそれを見つめていたが、剝がして丸め、ごみ箱に放り投げた。ドアを開けながら擦りきれたスニーカーを履いた自分の足に視線を落とす。近いうちに安物でいいからサンダルを買おう。そしてひさびさにペディキュアを塗ろう。夏らしいターコイズブルーか珊瑚《さんご》色に。

第六章

自己紹介代わりの一着を縫いましょう

紙袋の山を向かいの椅子に置き、ようやく腰を落ち着けた。熱いカプチーノを啜り、くちびるについたフォームミルクを舐め取る。ファッションビルを数軒はしごした疲れが全身に充満していた。

購入したものを頭のなかで羅列してみる。ジャケットとスカートとパンツの三点セット、白いシャツとボウタイのブラウスとシンプルなカットソーを一枚ずつ。どれもプチプライスではあるが、合計するとそこそこの額になってしまった。しっかり稼がなければ、と気を引き締める。なにせ半年も無職だったのだし。

三月まで勤めていた職場から電話があったのは先週のことだ。事業を拡大することになり、その準備を進めているが、人手が足りないので戻ってこられないかという相談だった。辞めて半年経つわたしに救いを求めるなんて、よっぽど切羽詰まった状況なのだろう。普通はとっくに再就職しているに決まっている。

おととい職場に出向いて以前の上司から説明を聞き、ひとまず嘱託社員として復帰することに決めた。永遠に家にこもっていることはできないし、ちょうどいいタイミングだったのかもしれない。しかし、仕事用の服はすべて処分済みなので、こうして急遽買い揃えたのだった。

正面のガラスに映った自分の顔は、久しぶりにフルメイクを施してある。いつもより華やかな顔が嬉しい。となりのテーブルでお喋りに興じている若い女の子たちをちらりと見た。艶のある赤リップに視線が吸い寄せられる。そのとなりの子の鮮やかなフューシャピンクのくちびるにも。どちらも持っていない色だ。給料が入ったら新しい口紅を買おう。

メモ帳アプリに保存してある「買うものリスト」に追加するため、バッグを開けてスマホを取り出そうとして、封筒が入っていることに気付く。洋裁教室で小針先生から渡された封筒。封を開けずに忘れていたことなんて、いままでなかった。もしやと思い、スマホで今日の曜日を確認する。土曜。洋裁教室は明日だ。あやうく無断欠席するところだった。スプーンの柄をペーパーナイフ代わりに使って封を切り、一筆箋を取り出す。

自己紹介代わりの一着を縫いましょう。

鼻に近づけてみるが、いつもと違ってなんの香りもしなかった。自己紹介。わたしは嘆息して一筆箋を封筒にしまう。子ども時代から自己紹介が苦手だった。自分というあやふやなものを、初対面のひとに向かって短い言葉で表現するなんて。経歴など決まりきった事柄を説明するだけならそんなに難しくないけれど、「自己紹介代わりの一着」とは、もっと深くコアな部分、自分の本質が伝わってくるような服ってことだろう。

着ている服を見下ろす。前に洋裁教室で縫ったリバティプリントのワンピースと、着古したパーカ。クローゼットにある服を組み合わせただけで、自己紹介代わりとは言えそうになかった。向かいの椅子に置いた紙袋に視線を向ける。今日買った服はどれも仕事用のコスチュームであって、わたし個人のキャラクターとは関係ない。

カプチーノを飲み干して席を立ち、まっすぐ駅へ向かった。改札を通ってホームに入り、電車を待つ人びとの列に並ぶ。前に立っている中年女性の着ているジャケットに自然と眼が惹きつけられた。素材はサマーツイードだろうか。袖山に入ったタックがふんわりと上品な雰囲気を醸している。袖口やパッチポケットにあえて色の違う糸でステッチを入れているのがお洒落だ。

洋裁をはじめてから、ひとの服に視線が行くようになった。しかも前はせいぜいデザインしか気にしていなかったが、いまは縫製や素材にまで意識が向かう。服を買うときも裏返してどういうつくりになっているのか確認せずにはいられない。

電車が来たので乗り込んだ。ちょうど帰宅時間に重なったらしく車内は混んでいる。押し込まれるようにして奥へ進み、つり革を掴んで周囲を見まわした。袖がレース素材のカットソーとチューリップのように膨らんだスカートがフェミニンな女性、ロックTシャツにキャップを合わせたボーイッシュな少女、同じブランドのジーンズを穿いているペアコーデのカップル、ピンストライプのスーツの男性、十年以上着続けていそうな色褪せたシャツのおじいさん。だれもが思い思いの服を着ている。強いこだわりと愛情を持って選んでいるひともいれば、あまり吟味せずに値札だけを確認して購入しているひともいるのだろう。家族が買ってきたものを着ているひともいるかもしれない。

このなかに自己紹介代わりの一着と胸を張って言える、アイデンティティそのもののみたいな服に身を包んでいるひとはいるんだろうか。首を巡らせて車内を観察していると、ひとりの女性の横顔に眼が留まった。

素顔に口紅だけを塗った顔は彫刻のように凛々《りり》しく端整で、潔く切られたショートカットの髪から伸びる白いうなじと真っ青なダンガリーシャツとのコントラストが眩しい。ダンガリーシャツの袖口には緑や赤や白といった色が散っていた。はじめは模様かと思ったが、つり革を握る手も同じような色で染まっているのを見て、絵の具の汚れだと気付く。たぶん油絵を描くひとなんだろう。そう意識すると、テレピン油のにおいを空気のどこかに感じる気がした。

ダンガリーシャツのボタンはひとつだけ違った。なくしてしまってほかのボタンをつけたのだろう。縫いとめている糸もそのボタンだけ色が違う。だらしなく見えてもしかたないのに、むしろ特別なお洒落のように感じられた。

電車が駅で停まる。開いたドアから出ていく女性のからだの一部みたいなシャツを、わたしはしばらく眼で追った。

オレンジ色の夕陽が射し込む弦一郎の部屋に入る。棚からスクラップブックを取り出し、フローリングの床に座って開いた。弦一郎のすがたが切り取られ、わたしひとりの記念撮影になった写真たち。先日これを見たときは全身が震えてくるほどのショックを覚えたけれど、いま、わたしの気持ちは穏やかに凪《な》いでいる。

写真のなかで笑顔をつくっている自分を見つめた。そのとなりにいる弦一郎をはっきりと思い描くことができる。麻緒、とわたしに呼びかける声まで聞くことができる。居間のソファで猫のしりを抱きながらわたしを呼ぶリラックスした声、待ち合わせでわたしを発見したときの嬉しげに弾んだ声、ベッドでの熱くかすれた声。あさお、あさお、あさお。

自分の名前から、亜麻《あま》の繊維でつくられたリネンの布を思い浮かべた。くしゃくしゃになりやすいけれど意外と強くて長持ち、吸水性や通気性にすぐれていて、洗うほどにくったりとやわらかくなり、着るたびに肌に馴染んでいく――。すとんと胸に落ちるように、答えが見つかった。自己紹介代わりの一着。それはきっと、リネンこそふさわしい。色はたぶん、生成りがしっくりくるはずだ。

生成りのリネンでなにを縫おう。飾らないラフな雰囲気だけど、どこか生真面目なところもある、そんな服。そうだ、シャツワンピースなんてどうだろう。

わたしは弦一郎のデスクにあるペン立てから鉛筆を一本借りて、スクラップブックの使っていないページにシャツワンピースのデザイン画を描きはじめた。襟のかたちはどうしよう。丸襟にしようか、開襟にしようか、それとも花びらみたいなペタルカラーにしようか。ウエストをシェイプしたシルエットとすとんとしたシルエット、どっちがわたしらしいだろう。丈は膝あたりか、それとももっと長いほうがいいだろうか。袖はカフスのあるシャツスリーブが一般的だけど、切り込みの入っている七分袖も動きやすくていいかもしれない。いっそラッパ状にひらひら広がる袖にしようか。ポケットは？　ボタンの数は？

夢中で描いていて、ふと手もとが見づらくなっていることに気付き、顔を上げる。いつのまにか陽が暮れて部屋が真っ暗になっていた。立ち上がって照明のスイッチを入れ、また鉛筆を握る。

「生成りのリネンでシャツワンピースを縫いたいんです。デザインはこんな感じで」

洋裁教室の小部屋に入ったわたしはノートを差し出し、清書したデザイン画を小針先生に見せた。普段ひとに絵を見せる機会がないので照れくさい。

「襟はちょこんとちいさめで、裾はフィッシュテールっぽく後ろのほうを長くして、共布でベルトをつくってウエストで結べるようにして――」

ノートを覗き込んで頷きながら話を聞いていた先生が、ふっと口の端を持ち上げて笑った。

「……すみません、下手な絵で。これでも何度か描き直したんですけど」

頬が熱くなり、ノートを少し引っ込める。

「ううん、違うの。真嶋さんが前のめりで服の構想を語ってくれるのなんて、はじめてだなあって」

「ああ、確かにそうですね」

振り返ってみると、いままでは先生に判断をゆだねて決めることが多かった。毎回意気揚々とデザイン画を用意しているおリュウさんを横目で見ながら、どこか憂鬱な気分で順番を待っていた。

「話の腰を折ってごめんなさいね。続けて」

「えっと、袖口はロールアップできるように裏側にタブをつけたいです。サイドの縫い目を利用したシームポケットもつけようかと。ワンピースとして一枚で着ることも、前を開けて薄手のコート代わりに羽織ることもできる、そんな感じにしたいんです」

「すでにそういう服を持ってるみたいに具体的ね。真嶋さんの思い描いているとおりのシャツワンピースができるように、わたしも頑張らなきゃ」

「よろしくお願いします」

軽く会釈してから顔を上げて、ふと気付く。小針先生こそ本人と着ている服とのずれがみじんもない。綿や麻といった天然繊維でつくられた色味のない質素なワンピース。ぴっちりとひとつに束ねた黒髪に、化粧気のない白い顔。口数少なくて謎めいていて、穏やかなのにどこかつめたいたたずまい。どういう経緯で死に装束専門の洋裁教室を開くに至ったんだろう。訊ねる機会はいくらでもあったのに訊けなかったのは、自作らしきワンピースの色がつねに黒だからだ。黒。喪の色。

手芸店での布選びも、いままでとはまったく違った。すでに頭のなかには理想の布があって、細部までありありとまなうらに描ける。やわらかくなめらかだけど無骨さもある、ほどよい薄さのリネン。リネン売り場でわたしは布のロールをひとつずつ吟味しながら歩いた。約束の場所で待ち合わせの相手が手を振っているように、わたしの求めている布がどこかで待っている、そう確信していた。

あるロールの前でわたしは立ち止まる。

リネンの手触りを指で確かめると、くちびるから笑みが洩れた。ぽこんと飛び出た糸のかたまりが指の腹に触れている。ネップと呼ばれる繊維の節が表面に出たものので、リネンにはつきものだ。

感情がときおり乱れるように、均一になれずに飛び出す糸の玉。つっかえつっかえ、間違えながら弾き続けるピアノの音色。何度も立ち止まって、それでも歩き続けるしかないわたしの足取り。

　机にスプレータイプの洗剤を吹きつけ、雑巾で拭く。つんとしたレモンっぽい洗剤のにおいに脳を刺激されて気が引き締まった。パソコンのディスプレイとキーボードとマウスも拭き、ペンやはさみをペン立てに入れ、資料のファイルを抽斗のいちばん下の段に収める。家から持ってきたマグカップをバッグから出して机に置いた。

　複数の専門学校を経営している学校法人がわたしの勤務先だ。そこで事務と広報を担当してきた。オープンキャンパスの企画や広告物や当日の運営、入試の準備、高校訪問、学生の就職相談、就職先企業の開拓、そのほか日々の雑用。

「真嶋さん、復帰したばかりのところ悪いんだけど、会議に出られる？」

「あ、はい。いま行きます」ノートとペンを持って立ち上がる。

　会議の内容は新設校の募集広告の件だった。再来年の春に開校する予定なのだが、現在準備が大幅に遅れているようだ。

「定員は服飾デザイン科が三十名、服飾ビジネス科が二十名、服飾テクニカル科が二十名で――」

現在うちの学校法人が経営しているのは医療系、グラフィック系、情報メディア系、調理系の学校なので、ファッション・アパレル系は初の試みだ。場所は瀬戸内海に面する県で、このまちから遠く離れた場所に開校するのもはじめてだった。

メモを取りながら物思いに耽る。瀬戸内。いちどもおとずれたことがない地域だ。そこではどんな陽射しが降り注いで、風はどんなにおいがして、人びとはどんな言葉を喋っているのだろう。

仕事帰り、家の最寄り駅で降りて近くのスーパーに寄った。今晩はハンバーグのトマト煮の気分だった。夏が終わりつつあり朝晩冷え込むようになったから、煮込み料理が恋しい。今日はずっと雨が降っていたからなおさらだ。合い挽き肉やたまねぎやトマト缶をかごに入れていく。パン粉を手に取ろうとして、となりの薄力粉に眼が留まった。以前しのぶさんがお手製の焼き菓子を洋裁教室に持ってきたことを思い出す。今週末の洋裁教室、わたしもお菓子を焼いて持っていこうか。何度も焼いたことのあるカヌレを。

ボルドーの修道院で誕生したというカヌレはわたしと弦一郎の共通の好物で、いちばんはまっていた時期は毎週のようにつくっていた。ふたりで本やインターネットに載っているレシピを片っ端から試し、最終的に辿り着いたのは三日かけてつくる方法だ。とはいえ、冷蔵庫で生地を寝かせている時間がほとんどなので、比較的かんたんなお菓子ではある。今日は金曜日。今夜からつくりはじめれば、日曜の洋裁教室では外側がばりっとかたい焼きたてのカヌレを食べてもらえる。

レシピを思い出す。薄力粉とグラニュー糖は家にあるはずだ。あと必要なものは、牛乳、バター、卵、蜂蜜、バニラビーンズ、ラム酒。本来カヌレは蜜蠟を型に塗って生地を流し込んで焼くのだけれど、蜜蠟はなかなか売っていないし、すぐに固まるので扱いが面倒だし、それにそもそも食べておいしいものではない。わたしはもっぱらバターと蜂蜜で代用していた。余った卵白でシガレットクッキーも焼こう。

夕食を食べてひと休みしてから、カヌレづくりに取りかかった。牛乳を計量して鍋に入れ、バニラのさやを縦に裂いて種を包丁でこそげながら、お菓子づくりと洋裁って似てるなと思う。どちらも無心に作業していると気持ちが落ち着いていく。完成品を買ったほうが安上がりだったりするところも共通している。材料を混ぜ合わせたものと布、どちらも「生地」だし。

沸騰した牛乳をボウルに移してラップをかけ、冷蔵庫に入れる。手についたバニラの甘くしあわせな香りを嗅ぎながら、わたしはベッドに潜り込んだ。

小針先生からシャツワンピースの型紙を受け取ったとたん、武者震《むしゃぶる》いがこみ上げた。ボタンがある前開きの服を縫うのははじめてだ。新しい技術を身につけられることに気分が高揚する。数か月前は型紙を見ても、どう繋がって服になるのか皆目見当もつかなかった。だけどいまはばらばらのパーツから完成形を思い描くことができる。ダーツ、ギャザー、地の目線、わな裁ち線、合印、芯地指示線、ボタンつけ位置、ボタンホール位置。記号の意味もいつのまにかわかるようになっていた。

紙に引かれた線を指でなぞり、頭のなかで服のかたちに組み立ててみる。先生がわたしの希望をすべて汲み、さらに素敵な服になるよう工夫してくれたことが型紙から伝わってきて、胸がじんと熱くなった。ともすると素朴になりすぎてしまうリネンのシャツワンピースに、ほんのりクラシカルな表情を与えてくれる前身頃のピンタック。立体的に見えるよう、胸の下にさりげなく入ったダーツ。袖山にふんわりと寄せるギャザー。これらはわたしのデザイン画や説明にはなかった要素だ。

わたしだけの、わたしのための型紙。先生はきっと、わたしの顔を思い浮かべながらこの型紙を用意したのだ。今回だけじゃない、いつもそうしてくれていた。必要なこと以外は喋らない先生本人よりも、型紙のほうが雄弁だ。

家で地直ししたリネン生地を広げ、アイロンでたたみじわを伸ばす。型紙を配置

して重しを載せ、まち針で固定した。チャコペーパーでしるしをつけて裁断してい
く。裁ちばさみの重みが頼もしく、布が切られていくなめらかな感触と鋭い音がぞくぞくするほど心地よい。

接着芯や伸び止めテープをアイロンで貼り、前立てから縫いはじめる。だがすぐに厭な音を立てて針が止まった。ミシンに顔を近づけて観察すると、ミシン針の先端がなくなっていた。テーブルをさがしたが針先は見つからない。焦りながらネジをゆるめて針板を外し、銀色の光る粒を発見した。

「よかった、見つかって……」

こんなに細かくて鋭いもの、服に縫い込んでしまったら一大事だ。ほっとして拾い上げると、小針先生がアルミのちいさな缶を差し出した。

「折れた針や曲がった針はこれに入れておいて。あとでまとめて針供養に出すから」

「針供養ですか?」

「毎年二月八日に針を神社に奉納するの。豆腐や蒟蒻《こんにゃく》に刺すのよ、面白いでしょ?」

供養という言葉から、しばらく弦一郎の墓参りをしていないことを思い出す。お盆は混んでいるから日をずらして行くつもりだったのに、職場復帰して急に忙しくなったため、さき延ばしにしていた。そろそろ月命日が近い。

「真嶋さん、この焼き菓子、変わった食感だねえ」

布をテーブルに広げたまま、早くもカヌレにかぶりついていたおリュウさんが話しかけてくる。

「カヌレっていうんです。外側と内側がぜんぜん違いますよね」

「外はかりかりなのに中身はむっちりしていて、なんだか失敗ケーキみたいだね。いや、まずいわけじゃないよ！　いい意味で失敗ケーキっぽいというか。……ああもうっ、なんて言えばいいんだろう！」

言い繕おうと言葉を重ねながら頭を抱えるおリュウさんを見て、わたしは噴き出した。

風は秋の気配に満ちていた。歩きながら手に持っている花束に視線を向ける。淡いオレンジ色の気高いダリア、シックな暗褐色のチョコレートコスモス、マリモみたいな緑の球体のテマリソウ、ピンクの実をつけたヒペリカム、ユーカリの銀色がかった丸い葉。ありきたりの仏花セットではなく、弦一郎が好みそうな花を選ぶのがわたしの流儀だ。

小高い丘にある霊園では、高く澄んだ空のもと、ドミノのように墓石が規則正しく並んでいた。何度も来ているのに、区画ごとに立っている看板の番号を確認しないと目的地に辿り着けない。前回来たときよりもさらに区画が拡大しているようだった。

いつも目印にしている「縁」と彫られた大きな墓石の横を過ぎると、「真嶋家乃墓」の文字が見えてくる。墓の前に立ってまじまじと見下ろした。このつめたそうに光る灰色の石碑と弦一郎は、いまだにわたしの頭のなかでうまく結びつかない。最近だれかが来てくれたらしく、雑草はほとんど生えていなかった。

手桶と柄杓を借りて水を汲む。しおれた花が残っていたので取り除き、花立ての汚れを洗い流す。持ってきた花束のフィルムを剝がしてふたつに分け、花立てに供えた。何度かやり直してバランスを整える。「ちょっとつめたいけど我慢してね」と語りかけながら、柄杓で墓石に水をかけた。

手で風をよけてろうそくと線香に火をつけ、しゃがんで手を合わせる。

——もう知ってるかもしれないけど、詩乃ちゃんに赤ちゃんが産まれました。名前は響《ひびき》くに生きるって書いて、響生。ほら、弦ちゃんの弦って弓に張る糸のことでしょ、そこからの連想だって。わたしは最近仕事に復帰しました。あと、ようやく洋裁の面白さに目覚めて、やっぱりミシンを買うべきかなとか迷っています。そうそう、弦ちゃんの朝顔に残ってた種、ちゃんと芽が出て花が咲いたよ。といっても種を埋めたのが遅かったから、ちょこっとしか咲かなかったけど。種は採れそうなんで来年に期待だね。……ほかになんかあったかなあ。会えるのはずっとさきのことになるだろうから、それまで辛抱強く待っててください。そっちのシステムはまったくわからないけど、転生してすれ違いになっちゃったらごめん。じゃあまたね。

眼を開けて立ち上がった。ろうそくの火を消し、手桶と柄杓をもとの場所に戻して、区間と区間のあいだの道路に出た。立ち並ぶ墓のずっと向こうに視線を向けると、まだ開発されていない林が見える。木立のあいだに赤茶色の犬がたたずんでいた。いや、犬じゃなくてキツネだ。ふささふさとした大きな尾を垂らし、はしばみ色の澄んだ瞳で高台から見下ろしているキツネは神獣みたいだった。まさか弦ちゃん？　キツネのすがたを借りて会いに来てくれたの？　なんてわけないよね、おとぎ話じゃあるまいし。わたしは吸い寄せられるように歩み寄る。だが、キツネはとたんに警戒の色を見せ、跳ねて林の奥へ消えた。

ああ、と声が洩れる。周囲を見渡して、わたしのほかにも同じ光景を眺めていたひとがいることに気付いた。横の区画で墓の前に立っている女性が、キツネが消えた林を見つめている。ひとつに束ねた黒髪、斜め後ろから見える薄い耳、黒いワンピース。こんなところで会うのは意外だけれど、驚きはなかった。

「こんにちは」歩み寄り、声をかけた。

小針先生が振り向く。一瞬動揺した表情を浮かべるが、すぐに穏やかな微笑に変わった。

「こんにちは。お墓参り？」

「はい。夫の月命日だったんです」

素直に言葉が出た。弦一郎の死について洋裁教室の関係者にはいっさい言っていなかったのに。

「……そう。旦那さんの。いつ亡くなられたの？」

「去年の二月です。ずっと闘病してて、長く頑張ったほうなんですけど。先生もお墓参りですか」

風が吹き、小針先生の束ねていた髪がひとすじほどけて顔にかかる。彼女はその髪を耳にかけ、口を開いた。

「そう。娘のお墓参り」

「娘さん？」

洋裁教室をやっているマンションは玄関も廊下もつねにすっきり片付いていて、

子どもの気配は感じられない。子どものいない主婦が趣味を兼ねてやっているのだろうと推測していた。まさか、死別だとは。

「ご病気だったんですか?」

「そうじゃない。事件……ううん、事故かしら」

「事件?　事故?　どういう——」

踏みこんで訊ねるのは気が引けるが、聞き流すことはできなかった。

「ねえ、向こうに行ってみない?　ちょっと散歩しましょう」

小針先生は林のほうを顎で指した。わたしは頷き、彼女のあとについて歩く。

薄暗い林に足を踏み入れると、土のにおいが鼻腔をくすぐった。古い落ち葉が積み重なって湿り気を帯びた土が靴の裏にへばりつく。ぽき、と小枝が折れる音が足の下から聞こえた。夏の盛りを過ぎて緑の色がくすんだ針葉樹は、それでもすっきりとしたすがすがしい香りを放っている。深く息を吸い込むと、胸のあたりがゆるんでいくのを感じた。どこかで鳥が鳴いている。

小針先生は後ろを振り返ることなく黙々と歩きながら話しはじめた。

「数年前までわたしはアパレルメーカーで働いていたの。部署は生産管理。上がってきたデザインに合わせて素材を確保して工場に発注して、コストや納期や品質を管理する仕事。かなり激務だったし海外出張も多かった。中国やベトナムやバングラデシュの工場と直接交渉したり」

「なんか意外ですね。いまの先生のゆったりとした雰囲気からは想像できないです」

「そうね、いまの生活とはまるで違った。夫はイラストレーターで、自宅で仕事をしていたから、留守中の家や娘のことはおまかせしてたわ。夫は料理や子どもの世話が苦にならないタイプだったし、うまく役割分担できていた。娘が幼稚園のころはお弁当までつくってくれて。海苔で顔を描いたおにぎりとか、タコさんウィンナーとか、ハート形の玉子焼きとか」

小針先生は一瞬立ち止まって上空を見た。たぶんかわいらしいお弁当を思い出して笑みを浮かべたのだろう、と背後からは見えない表情を想像する。

「あるとき、イスタンブールの縫製工場へ視察に行くことになったの。トルコにはヨーロッパのファッションブランドの下請け企業がたくさんあるから、ぜひうちの会社も、って話になって。珍しく日程に余裕があったので、たまには家族サービスしようと思って夫と娘も連れて行くことにした」

「いいですね、家族旅行」

弾んだ声でそう言ってから、今日ここに彼女がいるのは娘の墓参りのためだと思い出した。からだがこわばり、心拍数が上がる。ここからさきを聞くのが怖い。
「娘は小学五年生、十一歳だった。まさかそれっきり家に戻れないなんて、出かけるときは考えもしなかった――」

イスタンブールの旧市街にある広場には世界各国から集まった人びとがあふれ、さまざまな響きの言語が飛び交っていた。ヒジャブを被った女性のグループ、背の大きく開いた服を着たドイツ語を話す女性、インド人のファミリー。観光客はだれもが充実した笑顔を見せている。青々とした芝生や花壇の花はよく手入れされていて、その向こうには尖塔に囲まれた荘厳なモスクがそびえている。

朝からグランドバザールを散策し、キリスト教とイスラム教の文化が融合したアヤソフィアと、現在も礼拝の場となっているブルーモスク、東ローマ帝国の貯水槽だった地下宮殿を見てまわり、ようやくひと息ついたところだった。長時間のフライトと時差ぼけ、はじめておとずれる国での仕事、朝から歩きづめの観光。ベンチに腰を下ろしたとたん、疲れが一気に押し寄せて動けなくなった。

「ねえねえ、さっきの猫ちゃん、また見てきてもいい？」

娘の更紗《さらさ》が小針ゆふ子の前でぴょんぴょん跳ねながら言う。今朝せがまれて編み込みにした髪が揺れている。

イスタンブールは猫の多いまちだ。カーペット屋の店先にも寺院の敷地にも猫が寝そべっていた。更紗が言っているのは、広場に入ったところのベンチの下で餌をもらっていた長毛の猫のことだろう。

家族とはきのうの夕方、仕事が片付いたあとにホテルで合流した。更紗ははじめての海外旅行に昂奮が冷めず、昨夜も遅い時間までホテルの部屋ではしゃいでいた。

「ひとりは駄目。パパが戻ってくるまで待って」

夫はとうもろこしを売る屋台に並んでいた。小銭を払い、焼きとうもろこしを三本受け取っている。

「はい、ママのぶん」

戻ってきた夫に差し出されるが、香ばしいにおいで胃がむかついた。「いらない」と手を振って答える。

「あんまり甘くないいな」と言いながらとうもろこしを齧る夫のTシャツの裾を、更紗が引っ張る。

「ん？　なに？」

「さっきの猫ちゃんのところに行こうよ」

「うん、わかった」

ふたりの後ろすがたが人混みにまぎれるのを確認してから、ゆふ子は眼を瞑って膝に顔を埋める。周囲から聞こえる多言語の声が遠ざかり、急激に眠気に襲われた。明日はボスポラス海峡のクルーズ船に乗る予定だったが、夫と更紗のふたりで行ってもらって、ホテルで休んでいようか。会社に出す報告書は帰りの機内で書くつもりだったけれど、この調子だと無理そうだ。あとでスケジュールを確認しなければ。

暑くも寒くもない、ほどよい気候だった。空気は日本よりもからっとしている。夕方近くになりゆるんだ陽射しが、やさしく髪を照らしていた。少し眠ろう。意識が白い靄に溶けていく。心地よい眠りに落ちる、まさにその瞬間だった。

鼓膜が破れそうなほどの爆音が轟き、大地が大きく波打った。衝撃でベンチから地面に叩きつけられる。顔を上げると灰色の煙が視界を覆い、涙が出た。オレンジ色の太陽みたいな焔《ほのお》がぼんやりと見える。灰まじりの煙が鼻と口に流れ込み、立て続けに咳が出てうまく呼吸ができない。わんわんと響く耳鳴りごしに悲鳴が聞こえていた。聞き取れない言語に混じって「Run! Run away!」とだれかが叫んでいる。

その声に弾かれるようにして立ち上がり、駆け出した。ひとの波に揉まれながら、娘と夫のことを思い出して振り返る。その瞬間、また爆発音が空気を引き裂いた。

✂

数年前にイスタンブールで起こったテロで、日本人の犠牲者が出たことはなんとなく憶えている。だが、ニュースで流れていたはずの被害者の名前や顔までは記憶になかった。

「帰国してしばらく入院していて、そのあいだのことはほとんど憶えていないの。葬儀のことすら。錯乱してなにをするかわからない状態だったから、薬でもうろうとさせられていた。病院から家に帰って日常に戻ったとき、まっさきにこみ上げたのは夫への怒りだった」

霊園の奥の林をやみくもに歩き、わたしは自分たちがどの方向から来たのかわからなくなっていた。そこに生えている二股の木、さっきも見た気がする。小針先生の履いている底の薄いバレエシューズは土で汚れてしまっているが、気にするようすはない。

「旦那さんへの……？」

テロではなく、なぜそっちへ怒りが向くのか。釈然としなかった。

「テロリストが抱えている宗教や民族の問題は、自分からあまりにもかけ離れていて、どう捉えればいいのかわからなかったのね。だから、いちばん身近にいる責められる対象に当たり散らすことで、なんとか自分を守ろうとしていた。『あなたがそばにいたのになんで！』って。ひとに対して言うべきでない言葉もいっぱい投げつけた。……ほんとうは、眠くて娘から眼を離した自分や、娘のところへ駆けつけずにひとりで逃げ出した自分がいちばん許せなかったけど、それを直視したら壊れてしまうから」

小針先生は足を止め、地面に視線を落とす。

「夫はわたしを受け止めようとしてくれたけど、限界が来て離婚した。ふたりでいるとあの日のことばかり考えてしまうし、無理だったの」

「……旦那さんはいま、どうされているんですか」

目の前で娘を喪い、妻に責められ続けた男性のその後の人生を思うと、胸がぎゅっと締めつけられる。

「離婚したあとわたしは遠くに引っ越したから、夫がどうしているのかは知らない。

このまちに来たのは、夏になると公園に出るとうもろこしの屋台とイスタンブールのとうもろこしの屋台が、頭のどこかで結びついていたせいかしらね」

そう言って彼女はふっと笑い声を洩らした。張りつめていた空気がわずかにやわらぐ。

「それで、こっちに来てから洋裁教室を？」

「きっかけのひとつはインターネットで見かけた記事だった」

小針先生は苔むした木の肌を撫で、額に浮いた汗を指でぬぐいながらわたしのほうを向いた。

「記事？」

「なにげなく見ていたニュースサイトに『イスタンブール』と『ファッション』の文字が見えて、どきっとしてその記事を開いたの。ヨーロッパのファストファッションブランドの服に、『この商品はわたしがつくりましたが、わたしは賃金をもらっていません』と書かれたタグが縫いつけられていた、という内容だった。イスタンブールの倒産した縫製工場で労働者たちが無賃で働かされていて、その告発だったんだけど、発注元のブランドは自分たちが直接雇用したわけじゃないから無視してるっていう状況で」

「……はじめて聞きました、そんな話。どこのブランドですか？」

小針先生が答えたのは、わたしも買いものをしたことがある、馴染み深いブランド名だった。安くてデザインが凝っているので、日本でも人気がある。

「日本国内にも、実習生という名目で来日した外国人に、ろくに賃金を払わず長時間労働させている工場があるわ。それに問題は賃金や労働時間だけじゃない。たとえばダメージジーンズのサンドブラスト加工。この作業で肺疾患になって亡くなったひとが世界の工場にたくさんいる。でも、店で売っているダメージジーンズには『このジーンズはサンドブラスト加工により他国の労働者の命を奪いました』なんて注意書きはされていないのよね、当然ながら。自分が働いている業界と労働者搾取は深く結びついているのに、それまで意識しないようにしていた」

発展途上国でつくられた製品に正当な対価を払い、児童労働などの搾取を減らそうとするフェアトレードのチョコレートやコーヒーは、いまやスーパーでも売っている。ファッションにもフェアトレードの波が押し寄せているという話をどこかの記事で読んだことはあるし、エシカルファッションと呼ばれる生産者や環境に倫理的な配慮がなされたファッションのムーブメントの話は聞いたことがあった。だけど実際に売っている店は一軒も知らない。

先日購入した仕事用の服を思い出す。あれは、どこの国でどんな環境でつくられたものだったのだろう。服を一着縫うのにどれほどの手間がかかるのか、布地はどのぐらいの価格で売られているのか、売りものをつくれる技術を習得するのにどれほど修練が必要なのか、いまのわたしは知っている。とても適正な値段とは言いがたかった。値札を見て喜んだ数週間前の自分が後ろめたく思えてくる。

「あのテロを起こした犯人は、イスラム過激派の若者と言われてる。でも、宗教的な使命感だけで彼がやったとはわたしには思えなくなった。テロに至るまで鬱屈を募らせた理由のなかには、海外の企業に蹂躙《じゅうりん》されていることへの怒りもあったんじゃないかって。それにはわたしも荷担していて、間接的に娘を殺してしまったんじゃないかって」

さすがにそれは自分を責めすぎでは、と言いたくなったが、言葉を呑み込んだ。安易な慰めの言葉なんて彼女には響かないだろう。

「既製品の服を着られなくなったわたしは、自分の服を縫いはじめたの。十代のころは洋服づくりが趣味で、だから服飾の学校へ行ってアパレル業界を目指したのに、ずっと忘れていた。将来子どもができたら自分で縫った服を着せたいと夢見ていたはずなのに、結局娘には一着もつくらなかった」

服を縫うときのことを思い出す。かたかたと規則正しく響くミシンの音、なめらかな布の手触り、裁ちばさみの頼もしい重み、アイロンをかけたときに立ちのぼるあたたかでノスタルジックなにおい。

「服を一着完成させるごとに、わたしはばらばらになった自分のパーツを縫い合わせるように立ち直っていった。そのうち、縫う喜びをひとと分かち合いたくなって。でも普通の洋裁教室じゃわたしがやる意味がない。あの日、あの広場で、まだまだ続いていくはずの人生をいきなりぷつんと断ち切られたひとたちに捧げるようなにか――。あんなかたちで人生が終わるなんて、あっていいことじゃない。どんなひとにも、やがて来る自分の死を見つめて、じっくりと準備をして、穏やかにその日を迎えてほしい。それで、死に装束を縫う洋裁教室を思いついたの」

「……わかります、ミシンを踏みながら自分のパーツを縫い合わせていく感じ。先生の洋裁教室に出会わなければ、わたしはいまもきっとばらばらのままだった。それに洋裁って、やればやるほど上達を実感できるからいいですよね。大人になると、頑張りが結果に直結することってあんがいなかったりするじゃないですか。仕事も子育ても介護も、頑張ったぶんだけ報われるってわけじゃないし」

「そうね。上達を実感するっていう経験を積み重ねていくと、自分を肯定できるパワーになると思う」

自分を肯定できるパワー。わたしはいまの自分を認めてあげられるだろうか。

「そろそろ帰りましょう。肌寒くなってきたわ」

小針先生は五分袖の黒いワンピースから出た腕をさする。林に入ってからずいぶん時間が経っていた。太陽の位置が低くなり、りんごの蒸留酒のカルヴァドスに似たまろやかで甘美な陽光が、木々のあいだから射し込んでいる。この祝福みたいなひかりを、わたしは洋裁教室をやめて小針先生と会わなくなってもずっと忘れないだろうと思った。


ミシンのボタン穴かがり機能を使ってボタンホールをつくり、リッパーでその中心を切り裂いて穴を開ける。前立てに並んだ九個のボタンと袖口のボタン、腕まくり用のタブを留めるボタンを手で縫いつけて、シャツワンピースができあがった。紅茶を淹れてひと休みしてから、発表の時間に移る。

最初に着替えた千代子さんは、ラベンダーカラーのゆったりとしたワンピースを披露した。淡く上品な色は、年齢を重ねた彼女の肌や髪にとてもよく似合っている。

おリュウさんはさまざまな布をパッチワークにしたスカートだった。若いころのダンスの衣裳、子育てをしていたころの七〇年代らしいフォークロア調の服、数年前に買った服――彼女の人生のいっときを彩った服が切り取られ、ひとつのスカートをかたちづくっているさまは、おリュウさんという女性の年表のようだ。

しのぶさんはルネサンス期の貴族が着ていそうな白いフリルシャツ。胸もとは幾重にも重ねられたフリルで飾られ、袖は手首のところで絞られてからふわりと膨らんでいる。歴史を紐解くと男性も着ていたフリルシャツだけど、現在ではレディースファッションのイメージが強い。性別の呪縛から解放された彼女をあらわしている一着だ。

最後にわたしの番がまわってきた。部屋の隅にある告解室みたいな小部屋で生成りのリネンのシャツワンピースに着替える。この服とわたしは一致しているだろうか。まだ自信はないけれど、何度も着ているうちに肌に馴染み、やがてわたしの一部になるだろう。

小部屋から出て、おばあさんトリオと小針先生の顔をゆっくり眺め渡す。自分の口角に笑みが刻まれるのを感じながら口を開いた。

手芸店の壁に貼ってある終末の洋裁教室のポスターを発見したとき、わたしはどん底にいました。いますぐにでも死にたい気持ちだった。でも、この教室に通うことに決めて、「死ぬのはエンディングドレスを完成させてから」ってさき延ばしにすることで、わたしは自分が立ち直るのを待っていたのかもしれません。

今回縫ったのは、ごらんのとおり生成りのリネンのワンピースです。ぱっと見は古びて黄ばんだのかなって思うような色ですよね。でもこれは、染色や漂白をする前の、素の色なんです。

まっさらな生成りの状態だから、まだまだどんな色にもなれる。そう思いたい。これからわたしはどんな色に染まっていくのか、ちょっとわくわくしています。

♔

翌日の昼休み、持参したお弁当を急いで食べたわたしは職場を抜けて区役所へ向かった。

「あの、復氏届ってありますか?」

窓口で職員に訊ねる。

「復氏届ですね」

先日病院のごみ箱に捨てたものと同じ用紙を渡された。それを折り曲げないようにバッグのなかのクリアファイルにしまい、礼を言って区役所から出る。

用紙をもらったものの、すぐに提出する気はなかった。いつかこころの準備が充分に整ったら提出するつもりだ。真嶋麻緒から篠原麻緒に戻るために。わたしの未来を案じた弦一郎の望みどおりに。

歩きながらこれを提出する日を想像していると、寂しさがじわじわとこみ上げて、涙がこぼれそうになった。信号待ちで立ち止まって夕暮れの空を見上げ、鼻をすする。きのうの帰り際に小針先生に渡された封筒の存在を思い出し、バッグから取り出して指で封を切った。

つぎの季節のための服をつくってください。

一筆箋からは檜らしきウッド系の芳香にミントがまじった、冬の外気を連想させるひんやりとした香りがした。つぎの季節――身を切り裂く風、しんしんと降り積もる雪、かじかんで震える手、弦一郎の命が尽きた冬。

これを最後の課題にしようと、わたしはすでに決めていた。

最終章

つぎの季節のための服をつくってください

エンパナーダという半円形のアルゼンチンのミートパイを、ナイフで切ってフォークで口へ運んだ。クミンのスパイシーな風味が鼻に抜ける。となりのおリュウさんはアサードと呼ばれるステーキを、小食な千代子さんとしのぶさんのぶんまで旺盛に食べていた。

「そんなに呑んでだいじょうぶなの」

千代子さんが不安そうにおリュウさんの顔色を窺う。

おリュウさんの正面には空になったテキーラのショットグラスが並んでいる。わたしとしのぶさんはアルゼンチン産の赤ワイン、千代子さんと小針先生はマテ茶だ。

「あたしにとっちゃテキーラも水も同じだよ。こんなちっこいコップに入った酒で酔えるぐらい、燃費のいいからだになりたいもんだ」

「あ、はじまるみたい」

小針先生がステージのほうを向いて言った。いつのまにかバンドメンバーが揃っている。

コントラバス奏者が指で弦を弾《はじ》いてリズムを取り、それを合図にピアノが加わる。ボタン式アコーディオンを小型にしたようなバンドネオンとバイオリンが哀切な旋律を奏でたとたん、音はゆたかにうねって狭い店内いっぱいに膨らんだ。

「この曲、『エル・チョクロ』ね」としのぶさんが嬉しそうな声を上げる。

バンドの前にひと組の男女が登場し、見つめあう。腕を絡ませると滑るように踊り出した。あのひとがおリュウさんのお嬢さん、とすっぱり刃物で切ったみたいな前下がりのボブの女性を見て思う。わたしよりもひとまわり以上年上のはずだが、贅肉のない引き締まった肉体とくっきりとしたメイクは年齢を感じさせない。アルゼンチンタンゴのダンサーであるおリュウさんの娘がブエノスアイレスから一時帰国して、ライブバーで踊るという話を聞き、洋裁教室のあとに全員で向かったのだった。

「相手の男のひと、なかなか男前ね」

頬を上気させた千代子さんが声をひそめて言った。

ダブルのスーツを着た男性ダンサーはアルゼンチン人だろうか。目深《まぶか》にかぶったボルサリーノらしきハットが、彫りの深い顔にさらに陰影をつくっていた。

「アレハンドロかい？　娘の旦那だよ」

「じゃあ舞華ちゃんはハーフなの？」

以前会った舞華ちゃんを思い浮かべる。すらりとした体形で頭のサイズはわたしの半分ぐらいの印象だが、アイラインを濃く引いた瞳は切れ長であんがい和風な顔立ちだったと記憶している。南米の血を引いているようには見えなかった。

「いや、舞華の父親は前の前の前の旦那。娘はあたしと違って気が多いんだ」

官能的なバンドネオンの音色、至近距離で挑むように絡みあうふたりの視線、肌に張りつく漆黒のドレスの深いスリットから見える白いふともも。その脚が蹴り上げるように男の股に差し込まれ、ときには密着して浮き上がり、真紅のピンヒールが宙を舞う。扇情的でありながら抑制されていて、深い憂いも滲《にじ》んでいるダンスと音楽に、わたしは息をするのも忘れてのめり込んだ。

ダンサーは三曲踊って、いったん奥に引っ込んだ。

「見ているだけで汗をかいちゃったわ。あまりにもお熱いんだもの、おばあさんには刺激が強すぎて」

千代子さんは照れを隠すように大げさにぱたぱたと顔を手で扇《あお》ぐ。

わたしにしても色っぽいものに触れるのはずいぶん久しぶりだった。暗い生を燃やすように淫靡《いんび》で情熱的で――こんな世界もあることをずっと忘れていた。

「お嬢さんとアレハンドロさんはしばらく日本に滞在されるんですか」と小針先生がおリュウさんに訊ねる。

「ああ。明日には舞華もニューヨークから帰ってくるんだ。二週間ぐらい女三代ひとつ屋根の下で過ごすよ。ちょいと兄さん、テキーラおかわり！」とそばを通りがかったウェイターを呼びとめた。

「みなさん今日はどんな布を買ったの？　見せ合いましょうよ」

しのぶさんが手芸店の紙袋を床から持ち上げて言う。

今回の課題は「つぎの季節のための服をつくってください」。わたしがつくることにしたのは、やがて来る冬を待つダッフルコートだ。北極海に浮かぶ氷みたいなひんやりとした水色のメルトンウールを購入した。

「わたしはコート。素敵なゴブラン織りの生地を見つけたから、これでつくるの」しのぶさんがバラ模様のゴブラン織りの生地を取り出す。

「わたしもコート。千鳥格子《ちどりごうし》のツイードでノーカラーのコートを縫うつもり」と千代子さんは白と黒の格子柄の布を見せた。

「あたしもコート。真っ赤な布でさ、一九五〇年ごろのディオールのニュールックみたいなウエストをきゅっと絞ったコートをつくるよ」おリュウさんが薄暗い照明の店で見ても鮮やかな赤い布をテーブルに置く。

「わたしもコートです。水色のメルトンでダッフルコートを」最後にわたしも布を袋から出してテーブルに載せた。

「……なんだ、みんなコートかい」

おリュウさんが気の抜けた声を上げる。

「つくるものが全員一致したのははじめてね。でも、デザインはそれぞれ違うから、できあがりをお愉しみに」と小針先生。

そのとき、ほかの客席から拍手が上がった。首を巡らすと、おリュウさんの娘とアレハンドロがステージの端と端に立っている。

「あ、また出てきましたね」

バンドの演奏がはじまった。わたしでも知っているピアソラの有名な曲。ふたりのダンサーは視線を交わしたままじりじりと近づき、手を重ねて、脚と脚の駆け引きを仕掛ける。

開始時間を五分ほど過ぎてマンションに到着した。息を切らし、エレベーターを降りてドアチャイムを鳴らす。

「遅れてすみません！」ドアを開けてくれた小針先生に頭を下げた。

「ううん、まだおリュウさんも来ていないから」

「おリュウさんが？」

せっかちなおリュウさんはつねにいちばん乗りしているのに、遅刻とは珍しい。教室に入ると千代子さんとしのぶさんが道具を並べて準備していた。

「さきにはじめていましょう」

小針先生が一人ひとりに合わせて用意した型紙を配る。わたしがつくるダッフルコートは北欧の漁師の仕事着が起源で、ウールを圧縮して起毛させたメルトン生地で仕立てるフードつきのコートだ。トグルと呼ばれる細長いボタンと紐のループで前を留めるのがいちばんの特徴である。凍える季節に手袋をしていてもボタンを留められるよう、トグルを使うようになったらしい。今回小針先生に頼んだのはスタンダードなデザインだけど、わたしはひとつだけ仕掛けを考えていた。

先週購入した水色の布を広げ、型紙を載せる。分厚い生地にざくっと裁ちばさみを入れた。

「先生、おリュウさんから連絡はないの？」千代子さんが先生に訊ねている。

「ええ、さっき電話をしたけど繋がらなくて」

「家族水入らずでうっかり忘れているのかしら」

「そうね、愉しく過ごしているところを邪魔するのもよくないわね」としのぶさん。

わたしはフラップつきのポケットをつくって前身頃に縫いつけたところで、いったん休憩しようと紅茶を淹れた。茶葉から抽出されるのを待っていると、電話の着信音が室内に響く。

「あ、電話」と呟いて小針先生がワンピースのポケットからスマホを出した。「おリュウさんの番号だわ。……はい、小針です」

はい、そうです、ええ、はい、と返事をしている先生を横目で見ながらティーバッグを取り出し、紅茶を啜った。ではまたのちほど、と先生は言って電話を切る。

「どうでした？　やっぱり忘れててこれから来るの？　あのひと、けっこう抜けてるところがあるのよね」と千代子さんが笑いを噛み殺している。だが、小針先生の表情はかたく、ただでさえ白い顔に血の気はまったくなかった。ぎこちなくくちびるを開く。

「……おリュウさんが亡くなったそうです」

え、と呟いたきり、わたしはなにも言えなくなった。千代子さんとしのぶさんも絶句している。

「今朝起きてこなくて、ご家族が寝室にようすを見に行ったら息をしていなくて。急性の心筋梗塞だったみたい」

「いまの電話は？」しのぶさんが訊ねる。

「お孫さんから」

「おリュウさんは現在どちらに？」

「病院からご自宅に戻られているそうです」

黙っていた千代子さんがわっと泣き出した。しのぶさんがその背に手を添える。

「会いに行けないの？　会わなきゃとても信じられないわ！　先週はあんなに元気にしていたのに！　テキーラを呑んでお肉をもりもり食べて……」

「そうおっしゃると思って、お孫さんにこれから伺うことをお伝えしました。わたしが車を出すので、洋裁教室は中断して行きましょう」

わたしはミシンの電源を切ると、立ち上がってジャケットを羽織り、バッグを持った。部屋を出る直前、いつもおリュウさんが座っていた椅子に視線を向ける。胸が苦しくなり、逃げるように部屋を出た。

「ねえ起きて。ねえったら」

千代子さんがハンカチを握りしめた手で、仏間に敷かれた布団に横たわっているおリュウさんを揺さぶった。

「……寝ているみたいね」しのぶさんが呟き、くちびるを嚙みしめてうつむく。

死に化粧を施された顔は色艶もよく、普段のおリュウさんと変わらないように見えた。先週、バーを出て解散したあとに、全身を揺らして大きく手を振っていたおリュウさんを思い出す。あれが生前最後に見たすがたになってしまった。

「ウサギだったものね、おリュウさん」と小針先生がぽつりと言った。教室で使っているミシンは、縫うスピードを変えるつまみがウサギとカメの絵で表現されている。おリュウさんはいつもウサギで、そんなところにも性格が出るといつか話していた。

「そんなに急がなくていいのにって笑っていたのに。……まったく、生き急ぐにもほどがあるわ」としのぶさんが鼻をすする。

「みなさん、こちらへどうぞ。お話ししたいことがあるんです」

孫の舞華ちゃんに呼ばれ、白い布をもとどおり顔にかけて仏間から居間へ移動する。舞華ちゃんの母親と夫のアレハンドロは葬儀に必要な現金を用意するため、銀行に行っているらしい。

トレッドミル、エアロバイク、腹筋ベンチ、ダンベル。居間には運動器具がいたるところに置いてあった。日々トレーニングに励むぐらい元気だったのにあまりにもあっけなくて、遺体を目の当たりにしても実感が湧かない。昨夜、舞華ちゃんからバレエのピルエットのやりかたを教わったおリュウさんは、ワインを呑みながら上機嫌でくるりん、くるりんとまわり、「明日はグランジュッテを教えて」と言って寝室に引き上げたきり、起きてこなかったのだという。ローテーブルのまわりに座り、出されたカップに口をつける。ハーブティーのようだが、いまは味も香りも感じられなかった。

「洋裁教室に持っていくバッグのなかに、このノートが入っていたんです」

舞華ちゃんがテーブルの中央にノートを置いた。

「ああ、おリュウさんのデザイン帳ね」

「見たらエンディングドレスのデザインも描いてあって」

舞華ちゃんはノートをめくり、あるページを開いてこちらに向けた。そこには赤いドレスが描かれていた。孔雀《くじゃく》や鳳凰《ほうおう》が翼を広げ、蝶が舞い、バラや芍薬や水仙が咲き誇っている。その横には「全面にビーズ刺繡で！」と説明文があった。

「……おリュウさんらしいドレスね」千代子さんがため息を洩らし、目頭をぬぐう。

「全面にビーズ刺繡って、ものすごく手間がかかるわ。オートクチュールのショーのドレスみたい」しのぶさんがノートから顔を上げて言った。

ビーズ刺繡ということは、米粒よりもずっとちいさなビーズをひとつぶずつ手で縫いつけてこの図柄をつくるのだ。いったい何百個のビーズが必要なのだろう。気の遠くなる作業だ。

「みなさんにお願いがあるんです。このドレス、つくってもらえませんか？　グランマの望みどおりのドレスを着せて、送り出したいんです」

一同は顔を見合わせる。最初に口を開いたのは小針先生だった。

「やりましょう」きっぱりとした、力強い口調。

「よかったぁ……」舞華ちゃんの表情に安堵が滲んだ。

わたしは安請け合いしていいのだろうかと不安になったが、先生の屹然とした横顔を見て、以前聞いた終末の洋裁教室を開くに至った理由を思い出す。そうだ、ここで引き受けなければ、終末の洋裁教室の意味がない。

「葬儀の日程は？」

「明日お通夜で、あさってお葬式です」

「じゃあ、あさってのお葬式に間に合うようにつくりましょう。ベースのドレスはわたしが縫うわ。以前つくったマリリン・モンロー風のドレスの型紙をアレンジすればいけると思う。問題は刺繡。時間との闘いになるけど、みなさん、手伝ってくれますか？」

ええ、もちろん。まかせてちょうだい。はい、頑張ります。わたしたち三人は口々に言葉を返した。

「ドレスが縫い上がったら連絡します。うちに集まってみんなで一気に刺繡しましょう」


小針先生から電話があったのは翌日の午後八時過ぎだった。まち針が刺さったピンクッションを手首につけたまま出迎えてくれた小針先生の目の下には、濃い隈《くま》ができていた。普段は撫でつけるようにぴしっと束ねられている髪はほつれ、後れ毛が垂れている。

「あ、糸くず」

しのぶさんが小針先生の袖についている赤い糸を摘まみ取った。

いつもの部屋に入ると、やわらかいジョーゼット生地でできた真っ赤なドレスがテーブルに広げて置いてあった。さまざまな色やかたちのビーズが入った皿も並んでいる。ドレスにはすでに下絵が描いてあり、それをなぞるようにビーズを縫いつけるだけになっていた。

「そういえばわたし、ビーズ刺繡なんてやったことないわ」

ここまで来てはじめて気付いたらしく、千代子さんが驚いた声を上げる。

わたしも普通の刺繡ならやったことがあるけれど、ビーズ刺繡は経験がなかった。

「だいじょうぶ、数個つければ慣れるから。時間がないから実践で覚えましょう。ビーズの色遣いは各自のセンスにおまかせします」

千代子さん、しのぶさん、小針先生、わたしの四人でドレスを囲むように座り、針に糸を通して縫いはじめる。わたしは練習がてら、端のほうに描かれた蝶から取りかかった。

「ここにおリュウさんがいないのが不思議だわ」

針を動かしながら千代子さんが呟いた。

「おリュウさんひとりいないだけで、照明が一段階暗くなったみたいに感じます」

とわたしも話す。

「いまごろお通夜をやっているところかしら」

しのぶさんがそう言ったとたん、全員の手が止まった。

祭壇の前に置かれた棺に横たわるおリュウさんを想像すると、心臓のあたりがしんとつめたくなる。白い菊の花で飾られた祭壇、並んだ椅子に行儀よく座った喪服の遺族と弔問客、沈鬱な表情でおこなう焼香、しめやかな司会進行。どれもおリュウさんには似合わない。

「おリュウさんほど葬儀が似合わないひとっていませんよね」ビーズを摘まんで針に通し、嘆息した。

「だからこそ、エンディングドレスはおリュウさんらしい華やかなドレスを着せてあげなきゃ」と小針先生が小気味よく針を動かしながら、真剣な面持ちで言い切る。

しばらくはしんみりとした雰囲気のなかで淡々と針を動かしていたが、日付をまたぐころには、深夜のテンションで冗談を言って笑いあう空気になった。しのぶさんがはじめて女子トイレを使ったときの失敗談を語り、千代子さんが先日温泉で間違えて男湯に入りそうになった話を披露し、小針先生は縫い針が行方不明になってさがしても見つからなくて諦めたころにトイレに行ったらパンツについていたという話をした。

「もしかしてこれ、小針先生のパンツについてた針かもしれないの？」

千代子さんが笑いながら針をかざす。

「その針は捨てたのでご心配なく。……たぶん。ちょっと記憶があいまいで自信ないですけど」

しのぶさんも耐えきれず噴き出した。

「おリュウさんがこのようすを見たら地団駄踏んで悔しがるわね。『あたしのいないところでずいぶん愉しそうじゃない』って」

「なんだか学園祭の前夜みたいですね。お葬式の前夜なのに」

わたしは鳳凰の尾の部分にビーズを縫いつけながら言った。

「学園祭なんてわたしが女学生のころはなかったわ。黙々と作業してると戦時中の軍需工場を思い出すけど、あそこは私語厳禁だったからぜんぜん違うわね」と千代子さん。

「真嶋さんは学園祭でなにをやったの？」

「段ボールで迷路をつくったり、お化け屋敷でお岩さんをやったり。それよりもなんでわたしだけ『真嶋さん』って名字なんですか。前から気になっていたんですけど。いちばん年下なのに」

それにわたしはいずれ「真嶋さん」ではなくなる。すでに職場では旧姓を名乗っていた。

「それもそうね。下の名前、なんだったかしら」

「麻緒です」

「麻緒ちゃんって呼ぶわ」

「お願いします」

「あさおちゃーん」

「なんですか」

「ふふ、呼んだだけ」

「呼んだだけ、って……。千代子さん、わたしの彼女かなんかですか」

いつかこの夜を懐かしくいとおしく思い出す日が来るだろう。きらきら光るビーズみたいな時間だ。わたしはとっておきのスワロフスキーのビーズを、鳳凰の眼の部分に縫いつける。

交代で休憩を取りながら、作業を続けた。ぴしぴしと窓を鳴らしていた風がやみ、カーテンの隙間から仄白いひかりが射し込んでガラスの鳴き声が響く。上階からせわしなく歩きまわる足音が聞こえ、やがてそれも聞こえなくなる。最後のひとつぶを縫いつけたのは、午前十時を過ぎたころだった。その最後のビーズをつけた小針先生が糸を引き、玉どめをし、ぱちんと糸切りばさみで切る。

「できた……」だれからともなく声が洩れた。

「眼が痛くてもうなにも見たくないわ」

「指も痛いし肩なんて岩みたいにがっちがちよ」

「永遠に完成しないかと思ってました」

生徒三人が脱力していると、小針先生が立ち上がってドレスを丸め、紙袋に詰めた。

「感慨に耽ってる時間はないわ。出かけましょう」

葬儀は十一時から。すでに遺族は集合し、会場の準備も終わっているころだろう。それぞれ家から持ってきていた喪服に着替えると、小針先生の車に乗り込んで葬儀会場へと急ぐ。

「あ、来た来た！」

斎場のエントランスに駆け込んだわたしたちに気付いた舞華ちゃんが声を上げた。

「できたわよ、エンディングドレス！」千代子さんが紙袋を掲げてみせる。

「すみません、娘が勝手にたいへんなことをお願いしてしまって……」

奥の部屋から出てきたおリュウさんの娘が頭を下げた。喪服を着ているとタンゴを踊っていたときとは別人のようだ。

「いいんです、ここまでが教室の役目ですから」と小針先生は表情をわずかにやわらげる。

斎場のスタッフにドレスを託した。トイレに行ってぼさぼさの髪をとかし、薄く化粧をして疲れた顔をごまかす。遺族――といってもおリュウさんの娘と舞華ちゃんとアレハンドロだけだが――の控え室に入れてもらい、壁にもたれてうとうとしていると、「もうすぐはじまるので着席してください」とスタッフに声をかけられた。

会場に入り、後方の椅子に座る。袈裟《けさ》を着たお坊さんが入場して祭壇と棺の正面に座り、読経《どきょう》がはじまった。わたしはなにげなく遺影を見て、あっと声を上げそうになった。陰影の濃いモノクロ写真のなかのおリュウさんは、わたしの知っている七十七歳の彼女ではなかった。少女の面影を残した若い女性だったのだ。おそらく二十代前半の写真ではないか。すっと尖った鼻梁が気高く見える横顔のポートレートだった。鎖骨のあたりに片手を置き、力強いけれどどこか夢見るようなまなざしで斜め上を向いている。その眼は濃い付け睫毛で飾られ、濁りのない白目は輝きを放っていた。写真は肩から上のカットだったが、ベアトップの服を着ているのかあるいは裸なのか、服は写っていない。

年齢を重ねたおリュウさんも素敵だっただけに、なぜ歩んできた人生を感じさせる最近の写真じゃなくて古い写真を、と思ったが、これが彼女にとっての最高の一枚だったんだろうと納得する。おそらくずっと前から用意していたに違いない。なにせ、葬儀は人生最後の晴れ舞台なのだから。

最前列の遺族から立ち上がって前に進み、焼香をする。おリュウさんの友人と思われる泣きじゃくっているグループのあとに、わたしたちも並んだ。遺族とお坊さんに向かって頭を下げ、祭壇に一礼して、抹香を摘まんで押しいただく。合掌し、眼を開けて遺影を見上げた。感情よりもさきにぶわっと涙があふれて、わたしは顔を隠すようにうつむいて下がる。

最後のお別れのときがやってきた。斎場スタッフから切り分けた別れ花を受け取り、棺のまわりに集まる。涙の膜ごしに見るエンディングドレスをまとったおリュウさんには、年齢も生死も超越したうつくしさがあった。しかも「きれいでしょう?」と言いたげに口の端が笑っている。鮮やかな赤いジョーゼット生地、ひとつぶひとつぶが光っているビーズ。こんな素敵なものをわたしたちの手でつくったんだ、と誇らしさに包まれてからだの芯が震えた。別れ花を棺に入れていく。白い菊や百合やトルコキキョウがドレスの色を引き立てる。おリュウさんがエンディングドレスにこの色を選んだ理由がよくわかった。

蓋がかぶされて、釘打ちの音が響く。アレハンドロとスタッフが棺を持ち上げ、とうとう出棺だ。気付けばわたしも足が前に出ていて、棺に手を添えていた。棺が霊柩車に納められる。最近はあまり見かけなくなった、黒塗りの車体に金色のきらびやかな神輿を載せた宮型霊柩車だった。これも派手好みのおリュウさんの要望なのだろう。

ホーンを長く鳴らして旅立ちを告げ、霊柩車が出発する。火葬場までは行けないわたしたちはここまでだ。

「あんなに苦労してドレスをつくったのに、もう燃やしちゃうのね」

霊柩車が見えなくなってから、しのぶさんがしみじみと呟いた。

「儚いですね」とわたしも鼻をすすりながら頷く。

「そういうものでしょ、エンディングドレスって」さんざん泣いた千代子さんの両目は腫《は》れ上がっているが、その表情はあんがいさっぱりしていた。

「あ」しのぶさんが立ち止まった。

「どうしました？」

「おリュウさんが若いころつきあっていた大物芸能人の名前、聞きそびれたわ」

ああー、とそれぞれが悔しげな声を上げる。

「墓場まで持っていったんですね、秘密」

「そういうところは意外と律儀なのよね、あのひと」と千代子さんがまた眼にハンカチを当てる。

そのとき、いちばん後ろを歩きながら考え込むような顔をしていた小針先生が口を開いた。

「途中から入ってきて最後列に座っていた男のひと、見ました？」

「えっ、ぜんぜん気付きませんでした。どんなひとですか？」

「お焼香もせずにさっさと出ていったから気になったのよね。お葬式なのに帽子を深くかぶってたから顔は確認できなかったんだけど、妙に存在感があったし、どこかで見たことがあるような気がして」

「もしかして、そのひとが……？」一同は顔を見合わせ、色めき立つ。

「わからないわ。最近のボーイフレンドだったのかもしれないし」

その可能性も捨てきれない。だけどかつての恋人が、半世紀近く前に去ったおリュウさんのことをずっと気にかけていたのだと信じたかった。

千代子さんとしのぶさんはそれぞれの娘や夫が迎えに来るまで斎場で待ち、わたしは小針先生の車で送ってもらうことにした。先生の愛車である白いフィアット・チンクエチェントの助手席に乗る。信号で停車したときを狙って、わたしは話を切り出した。

「わたし、いまつくってるダッフルコートが完成したら教室をやめようと思うんです」

「あら、来月からエンディングドレスに取りかかる予定なのに」

「そうなんですか？」一瞬、気持ちが揺らいだ。あと一か月ぐらいならと自分に言い聞かそうとする。だがそれは無駄な足踏みだ。「……いま死に装束をつくっても、死ぬころにはサイズも好みも変わっているだろうから意味ないかな。いよいよお迎えが来そうになったらまた通いたいので、先生、五十年後も教室を続けていてくださいね」

「五十年後？　そのころわたしはもう九十だけど——でも千代子さんはそのぐらいのお年よね。できる限り頑張ってみるわ」

「よろしくお願いします」

ハンドルを握る小針先生の横顔に向かって頭を下げる。信号が青になったらしく、車はスムーズに走り出した。小針先生はフロントガラスの向こうに視線を固定したまま、話を続ける。

「ものをつくるのって、外の世界に向けてアピールするのとイコールで語られることが多いでしょ。ほら、自己表現とか自己発信とか。でもわたしが教室で教えているのは、外側ではなく内側に踏み込んでいくものづくりなの。自分のための服を縫うこと、それは自分の内面を掘り進むことでもある。……麻緒さんはこの洋裁教室で、はぐれていた自分自身をたぐり寄せることができた？」

少し考えてから、はい、と答える。

窓の外を流れる街路樹は色づきはじめていた。大きなあくびが出る。急遽半休を取ったのでこれから職場へ行かなければいけないが、徹夜のせいで眠くてたまらない。意識が遠のいたそのとき、弦一郎の声が聞こえた。

『この子といつか結婚する、って直感でわかったんだ。はじめて会ったときに』

はっと眼を開ける。結婚したばかりのころに聞いた言葉だ。気分よく酔っぱらったある晩、なぜわたしとつきあったのか問い詰めた際の返答だった。

『なにそれ、予知？　どうしてわかったの？』

確かわたしはそう訊ねたはずだ。

『どうしてだろうな。自分はひとよりも長く生きられないかもしれないと覚悟してから、そういうことがわかるようになった』

弦一郎のことを好きになればなるほど怖くなった。まるで薄氷の張った湖へ足を踏み出すみたいだ。いつ氷が割れてつめたい水底に落ちるかわからない。結婚の話が出たときも、喜びより怖さがまさった。しかも結婚の直前に再発が発覚したから、考え直したほうがいいんじゃないかと自分の両親にも相手の両親にもやんわり言われた。それでもこのひとと人生を歩む以外の選択はわたしにはできなかったと、この言葉を聞いてあらためて思った。

わたしは弦一郎と違ってさきのことはなにも見えない。わからない。あっちこっちにぶつかりながら、手さぐりで這っていくほかない。人生はミシンの縫い目のようにまっすぐに規則正しく進むものじゃない。手でちくちくとひと針ひと針縫ったなみ縫いのラインみたいに、歪んでいたり、うねっていたり。それでもずっとさきの未来、いつかお迎えが来たとき、自分の後ろにできたなみ縫いのラインを見て、素敵な模様だと思えたら。

雪がひらひら舞う夜、待ち合わせに指定された交差点に立っていると、背後からだれかに抱きつかれた。

「麻緒ちゃん、久しぶり！」振り向くと、わたしよりも頭ひとつぶん以上ちいさい千代子さんの無邪気な笑顔があった。

「一時期は毎週顔を合わせていたのに、急に会わなくなったから寂しかったわ」しのぶさんに手を握られる。

「ずいぶん顔つきがきりっとしたわね」ふたりの背後にいた小針先生に見つめられた。

「仕事が忙しいんで、つい険しい顔になっちゃうんです」今月から正社員になり、職責も増していた。

地下への階段を下りて、以前おリュウさんの娘のダンスを見に来たライブバーに入った。おリュウさんが亡くなってから四十九日が経つ今日、故人を偲んで集まろうという話になったのだ。とはいえ、おリュウさんの娘とアレハンドロはブエノスアイレスに、舞華ちゃんはニューヨークに帰ったので、四十九日法要でもなんでもなくてわたしたちで勝手にやっているだけである。

案内された席に座り、スパークリングワインを頼んで献杯をした。今夜のバンドはタンゴではなくローリング・ストーンズを演奏している。

「わたしたち、まだ洋裁教室に通ってるのよ。ほんとうはエンディングドレスを完成させたら卒業のはずだったんだけど、先生に無理を言って続けさせてもらってる。最近は原型からパターンを起こす方法を習ってるの。ハ刺しとか玉縁ポケットとか難しいことも」

「新しい生徒さんも入ってきて、賑やかにやってるわ」

「よかった、生徒ふたりじゃ寂しいですもんね」

脱いだコートをハンガーにかけようと立ち上がると、しのぶさんに話しかけられた。

「そのコート、前につくったやつね。裏地を見せてちょうだい」

ダッフルコートは裏地をつけないのが本式らしいが、わたしは手間をかけて裏地をつけていた。この裏地がわたしの「仕掛け」だった。裏地用のキュプラやポリエステルではなく、薄手のコットンであるローン、しかも花柄のものを使用している。

「どうぞ」脱いだコートを裏返して渡した。

「脱ぐとたんに華やかになるのよね、このコート。見えないお洒落って素敵だわ。わたしもいま縫ってるジャケットで真似しようかしら」

わたしが洋裁教室で最後に手がけた課題は「つぎの季節のための服をつくってください」だった。北極海に浮かぶ氷みたいなひんやりとした水色のメルトンウールで縫ったダッフルコート。だけど内側には、春を彩る花を秘めている。つぎの季節の、さらにつぎの季節へ。冬を待って、春を待って、そして夏を待って。服を縫うのは、巡りゆく季節を追いかけ続けることでもあるのだ。

「春にはわたし、引っ越すんです。けっこう遠くに行くんでかんたんには会えなくなっちゃいます。なのでそれまで遊んでください」

「あら、新天地ね。さっきは献杯だったけど、麻緒ちゃんのために乾杯もしましょう。さ、みなさんグラスを持って」

千代子さんに促されて、それぞれフルートグラスを持ち上げる。ガラスが当たる涼やかな音がテーブルに響く。

「そういえばおふたりのエンディングドレス、どんなのを縫ったんですか？」

「ふふふ、それは本番でのお愉しみ」と千代子さん。

「本番ってお葬式ですか？　縁起でもないこと言わないでくださいよ」

バンドが演奏している曲が「シーズ・ア・レインボー」から「ジャンピン・ジャック・フラッシュ」に変わった。ボーカルが客席に踊るように煽《あお》っている。

「おリュウさんだったらきっと踊ってるわよね、こういう曲」

ややずれた手拍子をしながら、千代子さんが言う。

「踊りましょうよ、わたしたちも。おリュウさんがいなくたって」

しのぶさんが席を立ち、ステージ前の空いている空間へ飛び出した。千代子さんもあとに続く。わたしも立ち上がって縦に跳ねながら、「ほら、先生も」と座ったままの小針先生の手を摑んだ。

「わたしはいいわ、恥ずかしいから」

首を振って拒む小針先生だったが、根負けして立ち上がる。

盆踊りにしか見えない千代子さん、銀髪を振り乱して意外すぎるモンキーダンスを踊るしのぶさん。小針先生のリズム感皆無の奇妙な揺れはなにかの呪術のようだ。曲が「サティスファクション」に変わり、さらにダンスは激しくなる。不思議な高揚がわたしたちを満たしていて、笑いが止まらない。

♛

どこかの教室から職業用ミシンのパワフルな音が聞こえる。騒々しいはずなのに不思議な安心感のある、ずっと聞いていたいと思える音。わたしはようやく開校にこぎつけた学校の廊下を歩いていた。開いているドアから教室を覗くと、学生がトルソーにシーチングでつくった仮縫いのブラウスを着せてまち針で調整しているのが見える。製図用紙を丸めて入れるための細長いケースを肩にかけたピンク色の髪の女子学生が、わたしの横を通り過ぎた。小針先生もかつてここにいる学生のように過ごしていたんだろうか、と想像してみる。奇抜なファッションで闊歩《かっぽ》していた時代もあったんだろうか。

校舎を出て、周辺を散策する。今度のオープンキャンパスで学校周辺を紹介するイラストマップを配る予定なので、近隣の店を知る必要があるのだ。古民家を改造したカフェの外観を写真に撮り、年季の入っていそうなカレー店の看板に書かれたメニューをチェックする。一本脇道に入ると、アンティーク家具の店を発見した。

引っ越しして一年が経つが、いまだわたしのワンルームの部屋には充分な家具が揃っていない。カラーボックスをテーブル代わりに使い、床に直接テレビを置いている。吟味してひとつずつ揃えようと思っていたものの、日々に忙殺されてあとまわしになっていた。

磨りガラスの入った木の扉を押してアンティークショップに入る。外から見た印象よりも店内は広かった。長いときを生きてきた家具たちが、天井から吊るされたステンドグラスのペンダントライトやキャンドル形のシャンデリアに照らされて息づいている。

チーク材らしき艶のある赤茶のライティングビューローを撫で、背板に十字架が彫られていて後ろに聖書を入れる箱がついているチャーチチェアを眺めて、ファイヤーキングの翡翠《ひすい》色のミルクガラス製マグカップを手に取っていると、店の隅にある古めかしい足踏みミシンが眼に留まった。鉄製の足踏み台と脚の上に、ミシンと一体化している木の板が載っているタイプだ。

「これって動くんですか？　それともインテリア用でしょうか」

銀食器を磨いている初老の店員に訊ねた。

「ああ、ちゃんと縫えますよ。ベルトは交換していますし、メンテナンス済です。説明書もありますよ」

錆のない堅牢な鉄脚、使い込まれた歳月のぶんだけ光沢を放っている木製テーブル、黒い流線形がうつくしいミシン。

「いつごろのミシンですか？」

「一九五〇年代の日本製ですね」

年老いてなお魅力を放つミシンに、おばあさんトリオの顔が重なった。千代子さん、しのぶさん、そしておリュウさん。

値札を見て眉間にしわを寄せる。家庭用ミシンならそこそこよいものが買える値段だった。店内を一周して、それでもあのミシンがこころのまんなかに居座って退いてくれない。深呼吸して決意を固める。

「これ、ください」

しばらくは外食を控えて質素な生活をしなければ。

足踏みミシンは見ための印象よりもはるかに重たく、女の腕では持ち上げるのも難儀するので、翌日配送業者に運んでもらった。フローリングが沈まないようにマットを敷いた上に設置してもらう。

配送業者が帰ってから、ミシンの前に同じアンティークショップで購入したスツールを置いて座った。薄茶色に変色してあちこちやぶれている説明書を開く。図を見ながらボビンに下糸を巻き、ミシンに上糸をかける。部屋をさがして出てきたはぎれをテーブルに載せた。鉄の踏み板に足を置く。右手で弾み車をまわして勢いをつけてから、踏み板を前後に踏んでみる。無骨な外見に反して軽快な音が鳴り、針が進み出した。

一定のリズムで踏むのはなかなか難しく、針の動きは速くなったり遅くなったり安定しない。当然ながら、終末の洋裁教室で使っていた高性能のコンピュータミシンとは違い、自動糸調子なんてものはついていない。縫い目を見ると上糸がつっている。説明書を見て糸調子を調節するためのつまみを弄って再度縫ってみるが、今度は下糸がつってしまった。わたしの現在の腕前だと直線縫いすらままならないようだ。でも、と思う。それでいいのだ。いずれミシンのほうにからだが馴染んでいくだろうから。

足踏みミシンは窓辺に設置したため、顔を上げると外が見える。瓦屋根の住宅のずっと向こうで、春の瀬戸内海が穏やかにひかりをたたえている。

わたしは視線をミシンに戻し、弾み車に手をかけた。

さあ、なにを縫おう。

解説

瀧井朝世

美点がたくさん詰まった小説である。

あらすじをざっくり説明すると、「生きる目的を失った女性が、洋裁教室に通うことで変わっていく話」だろうか。再生ストーリーの王道パターンだ。だが、この小説にはこの説明から零れ落ちている宝石がたくさんあって、それがキラキラと輝いている。そもそも著者がこの物語を執筆したきっかけは、再生物語とは別のところにあったようだ。本書の単行本が刊行された当時、著者の蛭田亜紗子さんにインタビューする機会があった。その際彼女が着ていたミントグリーンの愛らしいブラウスは、なんと手作りだという。「数年前から洋裁をはじめたので、いつかその話が書きたいと思っていました」とのことだった。

主人公の真嶋麻緒は三十二歳。大学生時代に知り合った真嶋弦一郎と、彼が脳腫瘍を患っていることを承知で結婚。だが一年二か月前、病が再発した彼を喪ってしまった。さらに二人で可愛がっていた飼い猫も旅立ち、生きる目的をなくした彼女は自らも後を追うことを決意する。首を吊るつもりなのだろう、ロープを買いに行った手芸店で目に留まったのは、〈終末の洋裁教室〉のポスターだ。死に装束を作るという趣旨を知り興味を引かれて教室に足を運んでみると、そこにいたのは四人の女性。講師は黒い服を着て、髪を後ろでひとつに束ねた小針ゆふ子。生徒は大正生まれの小山千代子、九十二歳、上品な奥様然とした宇田川しのぶ（年齢不詳）、若い頃はダンサーをしていたという、ちゃきちゃきとした若杉リュウ、七十七歳。死に装束を作る前段階として、生徒たちにはいくつかの課題が出される。〈はたちのときにいちばん気に入っていた服〉〈十五歳のころに憧れていた服〉〈思い出の服のリメイク〉〈自分以外のだれかのための服〉〈自己紹介代わりの一着〉……。麻緒は課題のために自分の過去を振り返り、やがて老婦人たちや小針先生の人生に触れていく。

どん底にいる人が新しい何かに出合う話——とくれば、「結末が読める」という人もいるかもしれない。だが、こうした物語で肝心なのは結末だけではなく、いやむしろ、その過程だ。そこで描かれる、宝石のような本作の美点についてひとつずつ挙げていく。

まず、大きな出来事があって瞬時に主人公が〝覚醒〟するかのように立ち直る話ではないこと。心の傷を癒やすのは時間しかない、とはよくいわれることだが、本作でもささやかな出来事が少しずつ積み重なって、麻緒の心に変化を与えていく。巧妙なのは、麻緒の言葉として「死にたい」「生きたい」といった直接的な表現が一度も使われないこと。そうした感情を煽るような、意志を固定するような言葉が彼女のなかにあるわけではなく、無意識あるいは本能的な部分で、彼女は自分の行動を選んでいる。だからこそ、彼女の思いや変化がブレのない本物だと伝わってくる。

次に、夫と猫の存在だけで満たされていた、閉じた世界にいた主人公が外の世界と接触するところ。もちろん、洋裁教室で手作業の楽しさを知ること、そこにいた人々の人生を知ったことは本作にとって最も重要なポイントだ。だがそれだけではない。たとえば同窓会の場面。旧友たちの卒業後の人生を知り、麻緒は〈わたしだけ特殊で、わたしだけ不幸。ずっと、そう思っていた気がする〉と思う。もちろん、彼女が体験した喪失は他人には理解できないほど辛いことだが、他の人たちもまた、それぞれ他人には理解できない思いを抱えて生きていることを知るのだ。どっちのほうがより不幸か、という話ではない。不幸比べなんて意味のないことだ。誰もが他人とは共有できない思いを持ちながらも相手を思いやり、手と手を差し伸べ合って生きている。そんなことを、彼女は感じたのではないだろうか。

また、再生の物語にするために選んだわけではないようだが、洋裁というモチーフが絶妙だ。頭が混乱している時、疲れている時、無心になることは案外有効。麻緒も布を裁断し、ミシンを動かし、針を運んでいる間は作業に集中している。洋服作りの過程が丁寧に描かれるのは、著者が経験者だからというだけでなく、それだけ麻緒が無心になっていることを表している。また彼女にとって、洋裁だからこそ、この教室だからこそ良かったと思える言葉を、小針先生が発している。

「ものをつくるのって、外の世界に向けてアピールするのとイコールで語られることが多いでしょ。ほら、自己表現とか自己発信とか。でもわたしが教室で教えているのは、外側ではなく内側に踏み込んでいくものづくりなの。自分のための服を縫うこと、それは自分の内面を掘り進むことでもある」

あくまでも自分と無心で向き合う。まさにそれこそ、麻緒に必要な作業だったのだ。

そして、個人的に何よりも素晴らしいと思ったのは、麻緒を単なる〝穢れなき可哀そうなヒロイン〟にしていないことだ。彼女が抱えるとある後悔、弦一郎が何か残してくれているのではないかという期待など、後ろめたい、生々しい思いもきちんと描きこまれている。だからこそ、もはや立ち直りようがないのではとも感じてしまう。しかし、人間なら誰しも後ろ暗い思いを持つことや取返しのつかないことをしてしまうこともある。この物語は、そんな自分を赦せるまでの過程が描かれている。

当然、麻緒の後悔の理由や、義妹の詩乃から受け取った、生前の弦一郎が遺していたものなどについては、戸惑った読者もいるだろう。自分ならどうするかと考えてみても、実際に同じ立場にならないと何をどう思うか分からない。ただひとついえるのは、彼女たちの場合は、本当に相手のことが好きで、本当に苦しかったからこその決断だったのだろう。「自分ならそんな行動しない」と断罪するのは浅はかというもの。正解はない、という意味で考えさせられる場面である。また、考えさせられるといえば、小針先生の過去の出来事や、ファストファッションについては、今の現実の問題も差し出されている。それもまた、この物語が絵空事ではないことを補強している。

以上、設定の美点について語ってみたが、他にも、旧友が別れ際に言葉をかけてくれたシーン、エレベーターホールまで千代子さんが追いかけてくるところ、麻緒がカレンダーをめくる場面等々、心に残る光景がたくさん描かれている。そんなさまざまな美点を、丁寧に縫い合わせて作られたのが、この物語なのだ。

読みながら、読者の方々もきっと、自分ならどの課題でどんな服を作るだろうと想像し、過去を振り返ったのではないだろうか。その時蘇るのは、素敵な思い出だけでなく、嫌な思い出もあるかもしれない。だが、それらが積み重なって今の自分ができているのは事実。満足も後悔も悲しみも抱きながら、それでも麻緒と同じように、人は前に進んでいける。進んでいっていいのだ、と本作は教えてくれている。

（ライター）

この作品は二〇一八年六月にポプラ社より刊行されました。

エンディングドレス

蛭田亜紗子

2020年6月5日　第1刷発行

発行者　千葉 均
発行所　株式会社ポプラ社
〒102-8519　東京都千代田区麹町4-2-6
電話　03-5877-8109(営業)　03-5877-8112(編集)
ホームページ　www.poplar.co.jp
フォーマットデザイン　bookwall
校正・組版　株式会社鷗来堂
印刷・製本　中央精版印刷株式会社

N.D.C.913/263p/15cm　ISBN978-4-591-16696-3

P8101406